Fiston Mwanza Mujila · Kasala für meinen Kaku

Fiston Mwanza Mujila

Kasala für meinen Kaku

& andere Gedichte

Aus dem Französischen
übersetzt von Elisabeth Müller

Mit einem Interview des Autors
von Antoine Wauters

RITTER LITERATUR

Gedruckt mit freundlicher Unterstützung von:

Das Land Steiermark
→ Kultur, Europa, Sport

LAND KÄRNTEN
Kultur

Bundesministerium
Kunst, Kultur,
öffentlicher Dienst und Sport

Besonderer Dank an Pontas Literary & Film Agency

ISBN 978-3-85415-647-5

Abdruck des französischen Textes mit
freundlicher Genehmigung von „l'Arbre à paroles"

Bildmaterial aus dem Archiv des Autors

Grafik: Mark Duran

Lektorat: Paul Pechmann

Herstellung: Ritter, Klagenfurt

KASALA FÜR SAYAKA

Ehe ich deine Schritte kreuzte
hallten Japan und seine Blüten
in mir wider
– in meinem Kopf und in meinem Bauch –
wie Mathematik, Chemie oder Astrologie
ein Spiel, nur Eingeweihten vertraut
gleich einer toten Sprache, einem erigierten Vulkan
doch seit jenem Tag
muten sie mich an wie Poesie
Rotterdam (mit oder ohne Drahtesel) ist eine Stadt der Wunder

KASALA FÜR MICH SELBST – I

ich habe beschlossen glücklich zu sein
Rumba zu tanzen bis zum Verschleiß
mir all die Namen wieder zu geben, das alte Klimbim
das Kind von der Mine zu bleiben
und das von der Eisenbahn
denn die familiäre Erinnerung führt eine Lokomotive heim
Exil im Ei, ewige Einsamkeit
ich habe beschlossen, frech und unbequem zu sein
denen in die Suppe zu spucken, die dem Leben die Zähne
  ausreißen
auf ihre angebliche Rechtschaffenheit zu pissen
unverschämt loszuprusten
und es anschließend vor dem Ahnengeist zu bereuen
wie lange halten sie noch durch?
sie haben doch aus diesem Land schon eine Sterbeanstalt gemacht
ich habe beschlossen, Träume in Worte zu fassen
so weit, so bunt, so hochtrabend
wie die Hoffnung
prächtige Träume
geifernd wie der Tropenregen
er spuckt als einziger Verwünschungen aus
und stürzt im Vorüberziehen alles um
zornig und ewig und sintflutwürdig
auch wenn keine Arche mehr je ein Pärchen aller reinen Tiere
  aufnimmt
ein Männchen und ein Weibchen
ich habe beschlossen, das Kind aus Zaire zu bleiben
Autos zu basteln aus alten Konservendosen
oder Drachen aus Plastiktüten
eine lange Schnur daran zu knüpfen
und in der Sonne loszulaufen, zu laufen und zu laufen

bis das Gerät den Himmel erreicht …
wenn die Bastschnur riss
und sich der Drachen im Zickzackflug am Firmament verlor
blieb uns nichts als ein Gefühl des Bedauerns
ich habe auch beschlossen zu träumen
nicht davon, über den Mond zu spazieren
oder die x-te chemische Waffe zu erfinden
sondern so etwas wie eine wundervolle Bar zu eröffnen
wo nicht der Rausch oder eine andere Zecherei verscherbelt wird
sondern die Hoffnung
ich habe beschlossen, das Ein-Mann-Orchester meines Schicksals
 zu sein
ich selbst am Schlagzeug: KENNY CLARKE
ich selbst an der Trompete: MASEKELA
ich selbst am Klavier: TAPSCOTT
ich selbst am Kontrabass: MINGUS
ich selbst am Saxophon: SANDERS
dazu MAKEBAS begnadete Stimme
und für meine Mutter MA'NANGA und die Sterne vom Himmel
 zu trällern
die Unabhängigkeit Cha-Cha-Cha

Norwich, 11.2.2017

KASALA FÜR MICH SELBST – II

Mwanza Mbala
Mwanza Nkangi
männliche Schlange
weibliche Schlange
getilgt aus dem GipfelHimmel
der Nachlässigkeit halber gepaart mit Unverschämtheit
bin ich durch den großen Zufall
Mwanza Nkongolu geworden, der Regenbogen
der mit dem Himmel halbe-halbe macht
der den Regen anhält
und seine Misswirtschaft

KASALA FÜR MEINEN KAKU – I

mein Urgroßvater, mein Kaku, wie wir ihn liebevoll nannten
hat lange gelebt
er war 105, 120, 134, 142, 157, 169, 186, 192
vielleicht sogar zwei Jahrhunderte alt
mein Kaku war so oll
so dermaßen alt, dass er irgendwann aufgehört hat zu zählen
er konnte sich nicht mal erinnern, in welchem Jahrhundert er
geboren war

mein Kaku war so alt wie die Sonne
mein Kaku war so alt wie die Sintflut
mein Kaku, ja, mein Kaku war so alt wie der Fluss Sambesi
mein Kaku war so alt wie der Mississippi
mein Kaku war so alt wie die Donau
mein Kaku war so alt wie die Eisenbahn von Lubumbashi nach Ilebo
mein Kaku war so alt wie Neuguinea (mal fünf)

mehrmals wollte mein Kaku sterben,
aber der Tod boykottierte ihn

jeden Morgen setzten wir ihn in seinen Schaukelstuhl
auf die Veranda, mit Blick zur Sonne
mittags bekam er sein Essen
in der Dämmerung malmte mein sein Kiefer immer noch
dann brachten wir meinen Kaku in sein Schlafzimmer

der Körper, sein Körper, der Körper meines Kaku, er funktionierte
nicht mehr
durch das Alter hatte er seine Beweglichkeit eingebüßt
nur seine Stimme und sein Gedächtnis blieben ihm erhalten
Kaku redete ohne Punkt und Komma

Kaku erzählte von seiner Kindheit in Dimbelenge
Kaku prahlte mit seiner bewegten Jugend
Kaku ließ sich ausführlich über sein Leben in den Minen von Bakawanga und Katanga aus; mit seinem legendären Eifer schilderte Kaku den Exodus der Familie, betete die Ahnenfolge der Mwanza-wa-Mwanza herunter, erinnerte an die Republik Zaire, erging sich lange über den ersten Shaba-Krieg, beschwor Lumumba herauf, die Massaker der Schürfer von Katakelayi, die Geheimpolizisten der Zweiten Republik …

eingesunken in seinem Rocking Chair
das Kinn verschlungen vom dichten Bart
wurde mein Kaku sogar zum Propheten
er sagte die Republiken der Zukunft voraus
die glühenden Sterne, die Bahnstrecken quer durchs Land
die lichttrunkenen Städte, die staunenden Einwohner
mein Kaku redete mit seinem typischen Eifer, der typischen Begeisterung, dem typischen Geifer
mein Kaku redete und redete …

(Lachen)
diese Wehmut, diese Melancholie, diese Einsamkeit, diese Bangigkeit
wir, Skolopender, wir führen hier gerade unseren Kampf gegen dieses Hundeleben
Kaku, da oben
zwischen Himmel und Erde
lacht sich kaputt über uns anderen
Kaku
Kaku
Kaku
Kaku
Kaku

KASALA FÜR MEINEN MEINEN KAKU – II

Mvidi Mukulu, der Ahnengeist, hatte meinen Kaku mit einer
absurden Langlebigkeit gestraft
Kaku wurde alt, vermoderte, aber er starb trotzdem nicht
er brüstete sich damit, im Jahr 1667, 1756 oder 1786 geboren
zu sein
einmal starb er sogar dreißig Minuten lang
und erstand wieder auf, als wär' nichts gewesen

Widerspruchsgeist des ersten Regens, hübscher Bengel
in den schwindelnden Höhen seiner dreihundert Jahre
hatte mein Kaku das frische Blut eines Grünschnabels

TUGENDEN

Mäßigung –

wir Irren des ersten Wolkenbruchs
haben die Sonne beim Kragen gepackt
sie in den Fluss gedrückt
bis die Wasser sie ertränkten
was haben wir nur angezettelt!
mit klaffenden Mündern und verstopftem Gedärm werden wir enden
von Kopf bis Fuß mit Bilharziose bedeckt
um uns davor zu bewahren, dieselbe Suppe zu saufen
müssten wir uns selbst abhacken
aufhören mit diesem ausschweifenden Leben

Nachsicht –

wir waren unbeholfen in jeglicher Hinsicht
ewige Papa-Söhnchen und herrlich größenwahnsinnig
Schönredner und dauergeil
wir haben mitten am Tag nackt getanzt
die Geschlechter hergezeigt wie eine Kriegsbeute
auf die Passanten gepfiffen und geschissen
ekelerregend und nervig dazu
wir sind auf einem so guten Weg nicht stehengeblieben
wir haben die Sonne verbrannt
die einzig rettende Planke: Enthaltsamkeit!

Freude –

ich werde eines Abends den Kopf heben aus langen leprösen Jahren
ich werde mir ein heißes Bad einlassen, hineingleiten, stundenlang
ich werde dann mein schönstes Hemd überstreifen
losstürmen und an jenem Abend Rumba tanzen
bis meine Muskeln verzweifeln
ich werde tanzen für die Verrenkungen der Kinder in den
Diamantminen
ich werde den Flamenco exekutieren
und die Pachanga auf Bewährung für Syrien, Somalia, den Irak
indem ich das Gequake von Zimbeln, Saxophon und Bassklarinette
mit meinen Tremolos begleite
Freude als kriminelle Handlung

Bewusstheit –

wenn die Erde uns noch lange boykottiert
wenn die Erde uns auf den Wecker geht
wenn die Erde uns für Peanuts verhökert
wenn sie uns daran hindert, uns mit Bissap zu betrinken
wenn die Erde uns bepisst
dann erfinden wir einen neuen Planeten
in einem Rausch aus Wahn, Gemeinheit und sogar Verzweiflung
werden wir die Dinge neu beim Namen nennen
ab sofort werden wir die Sterne durch Glühbirnen ersetzen
und Flüsse, Regen und Typhusfieber an den Meistbietenden
versteigern

Mitgefühl –

wir anderen entspannt, bekloppt, heiter
duselig von den Joints und dem unreinen Bier
wackeln mit den Hüften, durch das Saufen in Schwung
machen wir in schönster Manier mit dem Bauchtanz weiter
Und Mvidi Mukulu, der Ahnengeist,
lacht auf seinem Thron über uns anderen
er regt sich auf, lächelt aber mitfühlend
und verspricht Blitzschlag und Überschwemmung
bereitet Mückenepidemien vor oder kündigt Erdbeben an
um sich in letzter Minute zusammenzureißen

Zärtlichkeit –

wir schleppen den gleichen Jasminduft nach
wir sind aus dem gleichen Fleisch geformt
wir fädeln die gleichen Träume ein, ausgeplaudert
(vom Alkohol, der Zeit und dem fernen „Zusammengeschweißtsein“)
wer hätte gedacht, dass mein Gestell mit seiner Farbe Geschäfte macht
 mit der Nacht
ich bin aus dem tiefen Afrika, du bist Europa mit Regenstürmen,
 milden Wintern …
zwischen uns ist Wüste, was macht das schon, ich bin du,
 du bist ich, in grün
wir sind aus dem Himmel verbannte Engel, um den lieben Gott
 betrogene Engel
Engel-ohne-festen-Wohnsitz, unsägliche Teile
so trotzen wir der Sonne und dem Weltuntergang

Mut –

seit Jahren schon träumen wir von der Sonne
nicht von diesem Flammenmeer, das uns verbrennt
Gesicht, Hände, Bauch und Füße verkohlt
vielmehr von ein bisschen geschwisterlicher Liebe
um die Nostalgie und das Krötenkonzert wieder in Fluss zu bringen
müssen wir schon die Grabrede vorbereiten?
der partielle oder kollektive Selbstmord wird nicht stattfinden
wir werden die Welt in die Arme schließen
bis es zur Neurose kommt
wir werden die Fahne hochhalten

Annahme –

wir stammeln in der gleichen Sprache
aber es fällt uns schwer uns zu verstehen
die Worte haben die Dichtigkeit von einst verloren
sie stinken nach Rotze und Kotze und Pisse
die Sauferei als Rettungsanker hat das Gegenteil bewirkt
das mechanische Lachen ist bloß Grimasse
sollen wir Mvidi Mukulu, den Ahnengeist, um Gnade anflehen
oder einfach drauflos eine Ersatzsprache basteln?
für unseren eigenen Fall werden wir zur Rechenschaft gezogen
nur für den Fehler unserer Väter müssen wir noch aufkommen

SELBSTBILDNIS

dieser Körper, den Sie hier erblicken
dieser Körper vor mir
dieser schlaffe Körper
dieser grausige Körper
dieser kotige Körper
dieser hirnlose Körper
dieser pockenübersäte, von der Mangrove ausgekotzte
gammelige, schleimig wimmelnde, schlaksige Körper
dem Haare im Mund wachsen
genau das ist mein Körper, dieser Körper

NORWICH

seine vielen Kirchen aus dem Mittelalter
seine endlosen Pubs
wo man Bier trinkt, Wein, Liebe, Wasser, Hoffnung
seine kleinen, mit Gedichten gepflasterten Gässchen
sein Markt mit den leuchtenden Dächern
das Schloss hoch über der Stadt
»Castle Meadow« genannt
und das beinah tropische Klima
das von Regen kündet, wann es will
ein Salat oder eine Schale Soya in Franks Bar
und in Einsamkeit Trübsal blasen
oder mit dem Mietrad
nochmal lässig die Dereham Road hoch
bereiten meinem Kummer
zehntausend Sonnenjahre

VOR DER GROSSEN VERBANNUNG

die TIERE sind erst die TIERE geworden
wie sie heute erscheinen
nach ihrem Fensterstoß aus dem GIPFELHIMMEL
am Anfang, und die TIERE und BENDE,
der ALLERERSTE MENSCH überhaupt
und die DINGE wohnten anderswo
kein Tier besaß einen Schwanz
kein Tier lief auf vier Beinen
kein Tier fraß Weidegras oder Fleisch
alle bedienten sich des WORTES
paradoxe Wesen schlechthin
Halb-Mensch, Halb-Tier und geschlagen mit dem Siegel
der Unsterblichkeit
da sie geboren waren unter den gleichen Bedingungen
wie die GROSSEN GEISTER
eigenhändig gemacht
vom MUTTERGOTT TSHIAME

als ich ein Kind war
hielt ich den Regen an
mit einer Wildpflanze
die ich von unten nach oben flocht
und einen Singsang anstimmte
in dem es um einen großen Fluss ging
und um Zwillinge
(geboren mit sechs Monaten Abstand)
aber die Sonne zu nötigen
das passierte mir nie
außer besoffen zu sein musste man
minutenlang nackt herumrennen
um sie jäh zu stoppen
in ihrer unverfrorenen Eisengewinnung

GENESE

wir werden gebären, wir werden Knirpse zeugen
überall, wo Gras wächst
Kinder, so zahlreich
dass sie verdursten werden
als wenn nichts wäre
werden wir die Sache am Laufen halten
Tag und Nacht werden Knirpse entstehen
bis sie das halbe Universum
mit ihrem Zirpen und Quaken erfüllen

IDEALE GEOGRAPHIE DES STROMS ZAIRE

(erträumter Lauf: von Katanga in den Ozean, dann Abstecher nach Uíge und Ondjiva in Angola und zurück nach Zaire bis zum überstürzten Aufbruch nach Bobo Dioulasso)

der Fluss legt Tausende von Kilometern zurück
und entwurzelt sich in den Ozean
 – bravo! –
doch ich, ich betrachte das nur als Torheit

man gibt dir zu essen und zu saufen
beweihräuchert all deine Spottnamen, wackelt mit den Hüften und
klatscht dir mit beiden Händen Beifall
aber zur allgemeinen Überraschung
(denn dein ungebremster Tauchgang in den Ozean ist auch eine
  solche)
schmeißt du dich,
anstatt umzukehren
oder nach Angola einzudringen, wieder auszutreten und erneut
(wie es deine Gewohnheit ist) das Land in Richtung
Douala oder KwaZulu-Natal zu durchqueren
aus dem Fenster ins Meer und bezahlst noch nicht einmal
die Rechnung und die Miete
dass es den meisten Zairern und Zairerinnen schwindelt

MINENGESANG – II

wenn wir dahinscheiden
werden unsere Mütter
andere Kinder gebären
schöner als wir
wenn die wiederum krepieren
– bei einem Erdrutsch oder an der Karies –
werden unsere Mütter
andere Gören gebären
unhöflicher und durchgeknallter als wir
wenn die auch draufgehen
werden unsere Mütter weiter
Tausende von Gören gebären
die die Schufterei fortsetzen
unsere Mütter werden gebären
unsere Mütter werden gebären
Knirpse für die Mine

SELBSTBILDNIS – II

Muttergott Tshiame!
sagt mir, ob jener, der in mir spricht
wirklich ich bin,
– Mwanza wa Mwanza –
oder meine Großmutter

ich bin eh immer meine Großmutter gewesen
wie kann ich das nicht gewesen sein
bei meinem Aussehen eines Mangbetu?
es ist nicht nötig Djudju-Bier zu kippen
die Nächte in Ngandajika zu durchstreifen oder Klebstoff
   zu schnüffeln
WEITERGEHEN
Julienne Mwa Mwanza bin ich wirklich

wir haben den Ahnengeist gebeten
uns zu bestrafen, uns zu suizidieren
uns im Schlaf zu ermorden
uns mit Epilepsie oder gar mit den Pocken zu befallen
er hat nicht geantwortet
da haben wir sein Schweigen
als Front aufgefasst
(ohne ein Blatt vor den Mund zu nehmen)
haben wir ihm zugeredet
Lachgas aufzutischen oder Atombombe
uns in die Fluten zu kippen
und unsere Skelette
auf der Stelle aufzugeben
unsere Schädel zuerst
den Sirenen
und anderen Wassertieren preiszugeben
er hat nichts gesagt

zwei Monate später
hat er schwere Artillerie aufgefahren
wir waren überrascht
jeder in seinem Winkel
die Kiefer zerschmettert
die Hosen voll
da begannen die Schisser, die geborenen Kriecher, die Spitzel,
   Laufburschen und -mädchen,
abgestürzten Zuhälter, Sonntagsnutten, Schürfer und
   Marktschreier
für Gebrauchtschuhe
mit all ihren – abgetrennten – Gliedern
zu gestikulieren und

in anonymen Sprachen
Gefälligkeiten und anderen Unfug herauszuschreien
statt sich zu entschuldigen

Mvidi Mukulu wa Tshiame
– Muttergott Tshiame –
ich war großartig in der Torheit
ich habe wegen Kinkerlitzchen getobt
ich habe nackt unter der Sonne getanzt
ich habe Mikombe de Kalewa
mit sämtlichen Tiernamen beschimpft
kein Wunder, dass ich mir die Migräne einfange
zumal ich keine Zwillingsschwester habe
um es jemandem in die Schuhe zu schieben
oder irgendwelche Herrschaftsansprüche zu stellen
müsste ich ins Land zurückkehren
meine Tante, Ntumba Annie, bitten
mich von Kopf bis Fuß zu waschen
oder Diamanten jagen gehen mit Tshimbalanga
meinem zweitjüngsten Onkel

DIE FREUDE

in seiner Kneipe
thront mein Großvater an der Theke
freudestrahlend
wie die Sonne

ANNA

Netrebko, uns dürstet noch nach deiner Stimme
wir schlafen nicht, wir essen nicht
wir duschen nicht einmal
sing uns ein Stück
dann schenken wir dir einen Flusszipfel
Obst und Gemüse

dieser Eindruck
in Sarajevo geboren zu sein
belagert mich
sobald ich an Europa denke
Zufall oder abgedroschener Traum

MEINE GELIEBTEN

ich habe drei Haustiere
den Sambesi, die Donau, den Rio Zaire

ich habe Lust ein Gedicht zu schreiben
genauso wie ich gerne mein Gesicht auswechseln würde
die Sterne beschimpfen
mit einem Schiff auf dem Kopf herumspazieren
durch die Straßen von St. Louis schlendern
– auf der Suche nach Herrn Akinmusire und seine Trompete –
um mir den Bart mit einer Metallschere zu stutzen
an Bäume zu pinkeln
Polka zu tanzen
einen Fluss in mich hineinzuschütten
die Sonne anzuzünden
eine Kathedrale zu öffnen
und dort Kernobst zu verkaufen

WALTZ FOR LUMUMBA

(*durch das gleichnamige Musikstück inspiriertes Gedicht*)

Lumumba isst den Apfel
Lumumba tanzt Salsa
Lumumba fährt Ski
Lumumba im Astronautenanzug
Lumumba spielt Saxophon
Lumumba fährt seine Karre
Lumumba feiert Geburtstag
Lumumba liebt Reggae
Lumumba trinkt sein Bier
Lumumba in Anzug und Krawatte
Lumumba in einem Flughafen
Lumumba lacht wie noch nie
Lumumba im Afrolook
Lumumba und seine Dreads
Lumumba-Punk!
Rock 'n' Roll
Lumumba in Accra
Lumumba in Brüssel
Lumumba hält eine Rede
Lumumba ist eingelocht
Lumumba stirbt
Lumumba steigert sich
Lumumba im Fernsehen
Lumumba im Radio
Lumumba in Uíge
Lumumba in Moskau
Lumumba überquert den Fluss
Lumumba fährt Metro
Lumumba im Busch
Lumumba, Lumumba, Lumumba, Lumumba,
Lumumba, Lumumba, Lumumba, Lumumba,
Lumumba, Lumumba

GENEALOGIE

ein Mann und eine Frau
begegnen sich an einem Bachlauf
es ist Liebe auf den ersten Blick
eng umschlungen
kehren sie ins Dorf zurück
paaren sich die ganze Nacht
der Mann geht etwas zu trinken holen
die Frau kümmert sich um ihre Dinge
am Abend treffen sie sich wieder
um sich erneut im Liebesspiel zu tummeln
bis zum frühen Morgen
es vergehen Monate
die Jahreszeiten wechseln sich ab
sie bekommen viele Kinder
jedes dieser Kinder
begegnet einem Mädchen oder Jungen
sie hüpfen in die Kiste
und die Nachkommenschaft weitet sich aus
eines dieser Kinder
trifft auf seinem Weg ein Mädchen
sie bekommen einen Jungen
dieser Junge und ein anderes Mädchen bringen ein Mädchen zur Welt
dieses Mädchen und ein anderer Junge bringen einen Jungen zur Welt
dieser Junge und ein anderes Mädchen bringen ein Mädchen zur Welt
dieses Mädchen und ein anderer Junge bekommen einen Jungen
diesem Jungen begegnet ein Mädchen, sie bringen ein Mädchen zur Welt
dieses Mädchen und ein Junge bringen einen Jungen zur Welt

dieser Junge und ein Mädchen bringen einen Jungen zur Welt
die Geburten folgen aufeinander
entfalten sich, reichen bis ins Landesinnere
bis nach Tansania und Angola – nach Uíge
zufällig lernt im Zug
unter jenen, die zurückkehren,
ein Mädchen einen Jungen kennen
gleich darauf bekommen sie ein Mädchen
dieses Mädchen und ein Junge bekommen ein Mädchen
diese Letzte und ein anderer Junge bekommen
Zwillinge
einer davon stirbt im zarten Alter
als wollte er sich rächen setzt sein Bruder
mehrere Zwillingspaare in die Welt
(die sich über das Land verstreuen)
darunter ein Junge, der ein Mädchen kennenlernt
und diese beiden jungen Leute bekommen einen Jungen
der Junge und das Mädchen bekommen ein Mädchen
das Mädchen und ein Junge bekommen mehrere Kinder
darunter einen mit Namen Mwanza Mujila Bisonsa
diesen hält es nicht lange an Ort und Stelle
er entdeckt seinen Geschäftssinn
er legt viele Kilometer zurück in eine entfernte Gegend
namens Bukama
er kauft Fisch und Fleisch und kehrt
in sein Dorf zurück, um es weiterzuverkaufen
eines schönen Morgens begegnet er einer jungen Frau, Mpinda
sie bekommen mehrere Kinder
darunter einen gewissen Mwamba Kabuya
Mwamba Kabuya begegnet Odia Julienne
- zweifellos ihrer Strenge wegen -
später Julienne Mwa Mwanza
sie bekommen mehrere Kinder

darunter Mwanza Mujila
Mwanza Mujila begegnet Nanga Musadi
oder Nanga Musadi begegnet Mwanza Mujila,
je nachdem
sie bringen acht Kinder zur Welt
darunter Mwanza Mujila Fiston
eigentlich Mwanza wa Mwanza Mujila
– denn nach dem Vornamen kräht kein Hahn

INNERE STADT

sagt nicht, ich hätte la cabeza verloren
es ist nicht meine Schuld
schuld ist die Stadt
die in meinem Bauch wuselt
(und mir epileptische Anfälle bereitet)
wenn ich sie heraufbeschwöre
… meine eigene Stadt ist nämlich eine illegale Stadt, eine Stadt des Schmuggels, eine verworfene Stadt, eine krasse Barackenstadt, verfallen und aufrecht in ihren Stiefeln
jeder ist willkommen
ohne ihm das geringste Visum oder irgendeinen Impfpass abzuverlangen
und die Rassisten, die Fremdenfeinde und all die anderen Vollmond-mörder werden in meiner Stadt zum Teufel gejagt
sollen sie sich doch aus dem Fenster in den Ozean stürzen, wenn sie unser Lachen, unsere Gerüche, unsere Feste, unseren Freiheitsdrang, Bebop und Rumba nicht mit Leib und Seele aushalten
eine Welt ohne Ecken und Kanten ist eine tödliche Utopie
und man weiß doch, wo Utopien hinführen, die
der Ketzerei und der letzten Verarsche unter die Arme greifen
sagt bloß nicht, ich hätte la cabeza verloren
meine eigene Stadt ist nämlich eine glückliche Stadt
meine eigne Stadt ist eine kosmopolitische Stadt
meine eigene Stadt ist der Kreuzungspunkt der Zivilisationen
meine eigene Stadt liegt zwischen Orient und Okzident
dem tropischen Afrika und dem mittleren Europa
Lateinamerika und Südsudan
Bolivien und Afghanistan
lange Straßen verbinden alle Viertel der Stadt miteinander, meiner Stadt

(por favor)
sagt nicht, ich hätte la cabeza verloren
sagt es nicht, nicht einmal Mvidi Mukulu, dem Ahnengeist
… meine eigene Stadt ist nämlich die dichtest bevölkerte der Welt
aber auch die mit den meisten Sinnesfreuden und der tiefsten
Freundschaft
die Leute decken den Tisch und essen draußen
mitten in der Sonne
sie lachen aus vollem Halse
in meiner eigenen Stadt stehen Fenster und Wohnungstüren das
ganze Jahr für Reisende, Passanten und Zufallsgäste offen
gerinnen Jahreszeiten zu einem irren Verlangen nach Erlösung
nasser Sommer, milder Winter
sagt nicht, ich hätte la cabeza verloren
… meine eigene Stadt ist nämlich eine Hafenstadt
ihre Füße und Haare sind patschnass
Tausende Boote von überall legen in meiner Stadt an
mit Salz, mit Seide, mit Äpfeln, mit Kirschen, mit Teppichen, mit
Rum, mit Djudju-Saft, Muscheln, Reisschnaps und
Menschen aller Gesichtszüge und Staturen drücken sich in fremden
Sprachen aus, die sie selbst nicht verstehen …
auf ihren Gesichtern sind Genealogien zu lesen,
Jahre der Migration und der Transhumanz
sagt nicht, dass ich la cabeza verloren habe
oder dass es nur die Zahnfäule ist, die mir die Zunge löst
meine eigene Stadt, die Stadt von Mwanza Mujila
ist nämlich ein Ballungsraum der Träume
und gewisse Träume sind grün, prächtig und dröhnend
meine eigene Stadt ist eine Veranda, ein riesiger Basar, eine Messe,
konfuse Musikbox, Freilichtbar, herrliches Durcheinander
man spielt und swingt alle möglichen Tänze und Musiken: Tango,
Polka-Mazurka, Tango, Walzer, Samba, Kizomba und
(vor allem) Jazz

und solltet ihr die Gässchen meiner Stadt nehmen, meiner eigenen Stadt,
wenn ihr da nicht den Kontrabass von Mingus hört, die Trompete von Mongezi Feza, das Schlagzeug von Max Roach, das Saxophon von Dudu Pukwana, das Klavier von Duke Ellington, dann sind es Bessie Smiths Tremolos, die euch ich den Ohren vibrieren
eine fiebrige Stimme, die a cappella zwischen Angelus und dem Ruf des Muezzins von Liebe und Leidenschaft singt
pst, sagt nicht, ich hätte la cabeza verloren
meine eigene Stadt wird nämlich durchquert von drei emanzipierten Flüssen: dem Jangtsekiang, der Donau und dem Limpopo
meine eigene Stadt duftet nach Osterglocken, nach den Aromen und Gewürzen aus Sansibar
meine eigene Stadt ist eine Stadt der Hoffnung
meine eigene Stadt ist keine Zitadelle
meine eigene Stadt ist keine Strafkolonie
meine eigene Stadt beginnt in Graz
und hört in Port Elizabeth auf
sie führt über Caracas, Nagoya, Tessaloniki, Odessa und Seattle
in meiner eigenen Stadt, bin ich kein Typ aus dem Kongo oder Simbabwe
in meiner eigenen Stadt bin ich kein Mann und bin keine Frau
in meiner eigenen Stadt bin ich kein Black und bin kein Ausländer
in meiner eigenen Stadt bin ich kein Black und bin kein Weißer
in meiner eigenen Stadt bin ich kein Black
in meiner eigenen Stadt bin ich kein Black
in meiner eigenen Stadt bin ich kein Black
in meiner eigenen Stadt bin ich einfach nur das Kind meiner Mutter Ma'Nanga

PANDEMONIUMSBASAR

(für einen Trompeter)

wir sind Dutzende
Hunderte und vielleicht sogar Tausende, die
diese Namen tragen
die gleichen Prothesen seit dem Zeitalter der behauenen Steine
die gleichen fast unaussprechlichen Schnörkel
die gleichen Silben mit Zitronengeschmack
sie verweisen, diese Namen, in entlegene Gegenden
und zerlegte Geographien
in die Mäander des kollektiven Gedächtnisses

Namen die
- ähnlich dem Kreuz auf einem verlassenen Grab -
anmuten wie Marktflecken, durchgeimpft im aberwitzigen Takt
von zweiundsechzig Bomben täglich
Marktflecken mit verkrüppelten Häusern
im Keim erstickte Marktflecken
hungernde Marktflecken
von Cholera getroffene und (ohne Vorwarnung)
zur Friedhofsruhe reduzierte Marktflecken!
Marktflecken mit verkümmerten, blutleeren Träumen
vom Paradies entwöhnt
verunstaltete Marktflecken
eingedrückte Marktflecken
geisterhafte Marktflecken
ohne Strom und Fließendwasser
des lieben Gottes beraubt und den Dschihadisten ausgeliefert
sowie anderen spinnerten Kämpfern
ohne Glauben oder Moral, die nichts anderes im Sinn haben
als dem Leben die Fresse zu polieren

wir sind viele in diesem pathetischen Schaustück
Dutzende, Hunderte oder Millionen, die dasselbe Schicksal
zur Schau tragen
(einige von uns verschreiben sich dieser makabren Übung
seit der psychedelischen Geburt dieser niederen Gefilde)
die Angst zu besiegen und fieberhaft zu versuchen
mit allen Mitteln
– auf die Gefahr hin dabei den eigenen Leichenmüll zu hinterlassen –
das Ägäische Meer zu überwinden oder das andere namens
Mittelmeer
davon zu träumen die Türkei, Ungarn, Slowenien
oder Sibirien zu durchqueren
in der Hoffnung nach Frankreich vorzudringen oder bis zur
schwedischen Hauptstadt
ohne überhaupt zu wissen, wo uns die Beine hintragen
Hauptsache andocken

wir sind Hunderte
mit Angst im Bauch
die Körper mechanisch
von oben bis unten schimmelig
mit nichts bekleidet und schleppen in dieser
endlosen
Prozession mit, was von der Heimat übrig ist: das Lied der
Papageien, der abendliche Tanz, das Lächeln, der Duft vom Tee,
das Antlitz einer Mutter, das Fehlen eines Bruders …

zu Hunderten stehen wir an der Tür
wir pochen und werden pochen, bis unsere Stimmen
bei euch Gehör finden
dabei warten wir seit dem Hahnenschrei
dass sich diese oder jene andere Stadt mit einer freundlichen Geste
hervorhebt

zu Millionen sind wir in Griechenland geparkt
abgestellt in Libyen oder ausgebremst in der Türkei
tragen den gleichen nach Guaven duftenden Firlefanz zur Schau
den Blick in den Sternen
entflammt für die Hoffnung
entschlossen zu überleben
indem wir der Erschöpfung trotzen und der Krankheit trotzen und
dem Durst
trotzen und der winterlichen Kälte trotzen, dem Unwetter,
den Schergen,
der Anarchie und der Sonne trotzen
bis wir unsere Hände nicht mehr fühlen, den Gebrauch
des Geschlechts verlieren, der Augen, der Rede, der Nase
und des linken Beins
bis wir Halluzinationen entwickeln
von einer Welt ohne Kalaschnikows fantasieren
unsere Träume lautstark formulieren
auf dass sie durch ihre Untersetzung den Wesen und den Dingen
ihre Würde zurückgeben

weil wir durch Regen und Sonne laufen müssen
durch Schnee und Schlamm
durch Einsamkeit und Hoffnung
wird uns schwindelig
und dadurch verlieren wir den Bezug
zu den Maschinen und zu uns selbst
wir wissen nicht mehr, wer wir sind
aus welchem Fleisch wir geknetet wurden
oder welchem Stammbaum wir entspringen
kurzum, was unsere Sitten waren und ob wir
schon immer Menschen gewesen sind

die Erde dreht sich nicht mehr um die Sonne
sie stockt oder schaltet ab, je nachdem
und die gestrigen Räume werden rissig, so dass sie uns zum Exil
verdammen
ohne Wiederkehr

falls wir aus Versehen merken, dass wir
in einer schweren, fast zerebralen
Utopie leben
haben wir indes keine Ahnung, wie
den Kopf aus dem Wasser exhumieren
denn es bedürfte womöglich einer maritimen Metapher
um dieser Verzweiflung die rechte Anatomie zu verleihen
sagen wir so: wir sind kleine Figürchen inmitten einer stürmischen
See
sagen wir es nochmal so: das Wasser dringt uns schon in Mund,
Ohren und Nase
sagen wir es nochmal so: der Schiffbruch ist offensichtlich groß

die Hunde stimmen somit ins Konzert ein
kaum dass wir des nachts jaulen
doch aus dieser zur Regierungsform erhobenen Kakophonie
erwächst nichts Genießbares
alles zerbricht
mit einem verheerenden Elan und wir, noch Millionen,
sind auf der Suche
nach einem Ort, um die letzten Worte niederzulegen
in diesem Pandemoniumsbasar, der die Welt ist

DIE TSCHILUBA-STUNDE
(für Kalaf Epalanga)

die Sonne = diba
der Regen = nvula
der Mond = mutotu
der Himmel = diulu
die Erde = buloba
der Baum = mutshi
die Nahrung = biakudia
das Dorf = musoku
das Haus = nzubu
das Wort = diyi
das Herz = moyi
der Fluss = musulu
der Onkel = tatu mwakunyi
das Leben = nsombelu
das Exil = tshimwanyi
der Zug = kawulu
die Ziege = mbuji
die Geburt = diledibwa
die Reise = luendu
das Lied = musambu
der Regenbogen = Mwanza Nkongulu

AMNESIE
(für Noralyne Maranus)

Wir reden und schreiben
in Sprachen, die mit Zug und Schiff eingereist sind
importierte Sprachen als Fertigprodukte
den Ahnen unbekannt
Julienne Mwa Mwanza, die Großmutter väterlicherseits
trällerte sie auf Flandrisch?
Kaku, der Urgroßvater, moserte er auf Französisch?
Oder uns näher, Tshimbalanga, der zweitjüngste Onkel
der in den Diamantminen verschwand, verkaufte er
seine Steine auf Deutsch?
… dabei erklärten die doch Ahnen
(ohne ein Blatt vor den Mund zu nehmen)
dass der Ahnengeist die Trockenzeit erschuf, den Regen, das Dorf
die Bananen und die Menschen
lange nach den Tieren, und dass Letztere
schallend lachten
auf zwei Beinen gingen und fließend redeten
aber welche Sprache?
Spanisch?

DIE VIELEN KLEINEN GEHEIMNISSE DER FORTPFLANZUNG

Verstand verloren?
gewiss nicht!
laut den Verstorbenen, den Ahnen und Vorfahren
jenen, die vor dem Vollmond zur Welt kamen
jenen, die Offenbarungen empfangen
ohne der Ausschweifung zu verfallen
(oder die Schlaflosigkeit der letzten Tage zu erleiden)
drücken sich die Dinge in einer blumigen Sprache aus
und besitzen alle ein Alter, einen Mund und ein Geschlecht

der Regen = feminin
die Steine = maskulin
die Kräuter = feminin
der Brand = maskulin
die Flut = feminin
die Finsternis = maskulin
die Sterne = feminin
die Vögel = maskulin
die Wassertiere = feminin
die Landtiere = maskulin
die Menschen (während der Regenzeit) = feminin
der Regenbogen = feminin und maskulin
nämlich die Verschmelzung beider Schlangen
der weiblichen und der männlichen

DIE TSCHILUBA-STUNDE – II

eins = umua
zwei = ibidi
drei = isatu
vier = inayi
fünf = itanu
sechs = isambombo
sieben = muanda mutekete
acht = muanda mukulu
neun = tshitema

BAUCHNAMEN

Mwanza Tshimankinda Mukole
Kamunga wa Kamunga
Kamunga wa Mwanza
Mwanza Mujila Bisonsa
Mwamba Kabuya (Athanase)
Mwanza Mujila (Pierre)
Mwanza Mujila

SCHLACHTHAUS DER TRÄUME ODER DIE SCHULD VON BENDE, DES ERSTEN MENSCHEN

KASALA 78
Der Mummenschanz
oder das stinkende Concerto
der Fleischfresser
der Geier
der Messermörder
des ersten Regens
die nach Blut und Sperma gieren
verewigt sich

KASALA 22
im Ei zerquetschte Träume?

KASALA 28
der Mummenschanz
der Fleischfresser
springt uns ins Gesicht
der Mummenschanz
der Schmuggler
führt im schwächelnden Räderwerk
dieser schönen kaputten Welt
zum Bankrott

KASALA 11
solange uns das Gedächtnis
noch kein Schnippchen schlägt
sollten wir da lieber ein wenig Alkohol
in den Djudju-Saft schütten

oder die ganze Ahnenfolge aufzählen,
die mit echten Kugeln herausposaunt wurde?

KASALA 12
die im hellen Sonnenschein niedergemähten
Schürfer von Katekelayi
nur weil sie das Verbrechen begangen haben
im eigenen Land
dem Stein nachzujagen
strolchen im Grand Kasai durch die Straßen

KASALA 8
zwanzig Sonnen reichen nicht
die Nacht setzt ihre verrückte Farandole fort

KASALA 33
der Fluss Kongo steht bis zum Hals
voll mit Leichen und anderen Suizidopfern

KASALA 81
sollten wir das ganze Chaos Bende anlasten,
dem Ersten Menschen?
wenn er gewusst hätte,
was aus seinen Machenschaften werden würde
hätte er da die Dreistigkeit besessen,
auf den Ahnengeist Mvidi Mukulu
herabzuschauen?

KASALA 29
Patrice Emery Lumumba
Rossy Mukendi Tshimanga
Floribert Chebeya
Fidèle Bazana

Thérèse Kapangala
die Liste der Mordopfer
ist so lang wie der Mississippi

KASALA 44
nachts
erschallt immer noch das Gelächter
der Kinder von Katekelayi
der Atem
das stoßweise Luftholen
die brennenden Stimmen
mischen sich
in einer zerebralen Kakofonie
mit dem Gezeter
anderer Verstorbener des Vollmonds

KASALA 15
Wegen eines einzigen Menschen: Bende
dreht das Universum durch

KASALA 85
die Massengräber von Maluku
was für eine herrliche Geschichte!
mit Fleisch gefüllte Löcher
ein Gestank durch die Jahrhunderte

KASALA 64
Zentralafrika ist ein Schlachthaus

KASALA 86
in den Minen von Shinkolobwe
wühlen die Gören mit den ungeratenen Gesichtern
und den von Mikroben aufgeblähten Bäuchen

stets die Masern auf den Fersen
nach Exkrementen und Schweröl stinkend
die Zähne schmutzig, vergilbt, schief
zerreißen sie den Teppich, kratzen den Boden auf
ohne ein Einhalten fürchten zu müssen

KASALA 73
wir führten die Sonne im Munde

KASALA 25
und Bendes Fluch klebt an unserer Haut

KASALA 68
was hat Bende sich dabei gedacht
so ungeschickt die Fäden zu ziehen
dass Mvidi die Schöpfung wiederholen würde?
eine zweite Zeugung
um dem zu groß geratenen Ego des Geschöpfs zu genügen
eine Farce, die ihren Namen für sich behält

KASALA 51
anstelle einer Warnung
weil wir in diesen verknöcherten Nächten
eines guten Gottes beraubt
von der Muttermilch entwöhnt
von Skorbut befallen
von Mücken und anderem Ungeziefer belagert
zu oft die Epilepsie aufgeschnappt haben
sind wir ein Nomadenvolk geworden
ohne Kopf, ohne Rückgrat
im Dickicht verstreut
Partylöwe in Hongkong
Säufer in Moskau

Bartänzer in Malaga
Nachtwächter in Prag
Laufbursche in Casablanca
Autowäscher in Brazzaville

KASALA 1
Die Züge befördern immer noch
Kinder und Erze
im tiefen Katanga

KASALA 38
Alles begann in Nsanga a Lubanga
Abschied von meinem Kaku und den Seinen
gefolgt von anderen Migrationen
dann Rückkehr nach Katanga wegen der Mine
dann Auszug ins Überstürzte
das Skelett zu Mus

KASALA 67
die falschen Doppelgänger
gleichzusetzen mit den Vollmondmördern
haben nur im Sinn, den Pogrom zu entfesseln
ohne das und die davon triefende Maskerade
versinken sie in Nervosität
und machen alles kaputt, was ihnen in die Hände fällt

KASALA 4
In Beni lassen die Fleischfresser nicht locker
sie führen voller Andacht
eine exkrementäre Sexparty durch

KASALA 63
Zentralafrika und sein bevorzugtes Betätigungsfeld

die Massengräber
werden des Buddelns nicht müde
bei diesem Tempo wird es wahrscheinlich
alle seine Kinder verschlingen
die Hälfte kann sich schon noch aufrecht halten

KASALA 56
in welchem Kuriositätenkabinett
vermodern die Amulette meines Kaku?

KASALA 42
A propos
Lumumbas Zähne

KASALA 53
Ich, Mukalenga Mwanza
Mwanza Mujilla Tshimankinda
Mwanza Nkongolo
Mwanza wa ba Tshibamba
Mwanza wa Mwanza
werde den Ozean
für denjenigen teilen
der mir an Armen und Beinen gefesselt
einen dieser
Krawattenbärte bringt

KASALA 14
Was erzählen die Leute
über die Nachkommen von Kalambayi?
weiß jemand, in welchen Marktflecken die Abkömmlinge
von Mukendi hausen?
Kanjinga wa Mukendi
Mulumba wa Mukendi

Ntumba wa Mukendi
Kongolo wa Mukendi

KASALA 2
und zu sagen, dass selbst der Tod
die Rückkehr nach Mwene-Ditu nicht erleichtert

KASALA 3
schon ist die nährende Erde
nicht mehr, was sie einst war
zu Zeiten von Shimbalanga und Mujinga
von Kabwanga und Alphonse Mukengeshayi
von Judith Mulanga und Antoinette Mbombo
Baloji Kabambis Erde
ist nur noch der Schatten ihrer selbst
ein leerer Sarkophag
der Blut spuckt
den Wanst verzogen von Diamanten
das Brombeergestrüpp nimmt überhand
die Bäume fransen aus
die Flüsse verkleben
schlimmer noch, das Wasser des Munkamba-Sees
wenngleich unsere letzte Rettung
schafft es nicht mehr
uns von der Befleckung reinzuwaschen
es riecht brenzlig
das Seewasser

KASALA 52
aus Verzweiflung
reißen wir die Mäuler auf
unser Wehgeschrei an Mvidi Mukulu
verblasst am Himmel

wir flehen Mvidi Mukulu an
uns nicht mehr im Schlaf in den Tod zu treiben
wir flehen Mvidi Mukulu an
keinen Durchfall mehr auszulösen
wir flehen Mvidi Mukulu an
keine Hungersnot und deren Mitschwestern mehr zu entfesseln:
Schwindel, Wahnsinn,
Gedächtnisverlust, Schlafkrankheit, Würmer, Typhus, Masern
Mvidi, uns nicht mehr auf die Bettelei zu reduzieren
Mvidi, uns nicht mehr zum Exil zu verdammen
zur Irrfahrt per Prokura
zur sinnlosen Herdenwanderung
zum Erstickungstod
Mvidi, uns nicht mehr
mitten auf dem Sprungtuch zu verlassen
ohne Lebensmittel und Haustiere
den Vollmondmördern ausgeliefert
Mvidi Mukulu, wir flehen dich an, Mvidi Mukulu
den Blitzschlag abzuwenden
die Tuberkulose abzuwenden
die Hitzewelle abzuwenden
die Sintflut abzuwenden
das Sumpffieber ein für alle mal auszusetzen

KASALA 45
hier sind wir
und dort, sabbernd
im Kapitel der Hoffnungslosigkeit
Pithecanthropen
Verdammte der Erde
mit Blähbäuchen
zerfetzten Leibern
erschöpften Leibern

vom anfänglichen Exil
willenlosen Leibern, umgestaltet
von einer Region zur anderen
nach Gutdünken des Kohldampfs
der Minen
der Befreiungskriege
und immer
des Skorbuts

KASALA 71
wer ist dafür verantwortlich
wir oder Mvidi?
wir und die Himmelstiere?
wir oder Bende?
wir haben als erste
den Ball der Sorglosen gefeiert
wir waren die Schmiede
unserer eigenen Verdammnis
die beharrlichen Handwerker
der Abtrünnigkeit
wir zahlen das zerschlagene Geschirr
einer kollektiven und obendrein
überflüssigen Häresie
zunächst haben wir Mvidi
als Vogel jeder Art betitelt
dann haben wir aufs Gebet verzichtet
und insgeheim die Zeremonie des Kutshipulula boykottiert
wir haben nicht innegehalten, nicht auf einem so guten Weg
wir haben die Ahnen verehrt
und im gleichen Zuge
mit Hammelschlägen zerstört
was Kaku aufgebaut hat
im Schweiße seines Angesichts

und damit nicht genug
wir haben die Kontrolle verloren
wir haben getanzt, wie die Natur uns erschaffen
wir sind mit großen Schritten den Asphalt abgelaufen
wir haben Hohn und Spott und Schmähungen ausgestoßen
wir haben den unrechtmäßig erworbenen Reichtum
zur Schau gestellt
im allgemeinen und unkontrollierbaren Chaos
benommen durch das Kippen von Djudju-Flaschen
und anderem Gebräu gleichen Gehalts
haben wir die Erde
ihrem eigenen jämmerlichen Schicksal überlassen
Exil in Saint Louis
Irrfahrt nach Moskau
Exodus nach Baltimore
Verbannung in Prag
wie Mansemba, dreißig Jahre vor uns

KASALA 40
in der Erwartung, dass Mvidi
die Güte hat, uns zu rehabilitieren
Blitz und Feuer auszusetzen
den Zorn der Bakishi zu besänftigen
bleibt uns nichts anderes übrig, als Mvidi zu nötigen
Mvidi anzuflehen
Mvidi inständig zu bitten
uns von dieser höllischen Qual zu befreien
es bleibt uns nichts anderes übrig, als mit den Juniorgeistern
zu feilschen
die schon seit der Altsteinzeit
mit Mvidi verkehren

KASALA 31
die Jahre haben die Erinnerung pulverisiert
sie ist ulkig und staubig geworden
wer erinnert sich an Mujinga wa Tshimankinda?
an Tshisungu Mutamba
oder gar an François Lwamba
Sohn des verstorbenen Lwambo und von Ntumba Bernadette
Lwamba, der Riese
Lwamba, Raupenfresser
Lwamba mit von der Hacke versteiften Händen
Lwamba, flinker als die Gazelle
Lwamba, stämmiger als ein Sumpfnashorn
Lwamba mit der Bierstimme
Lwamba, der aus der Höhe seiner achtzehn Jahre
Mbuji-Mayi als erster verließ
(Ziegenwasser oder Wasserziege)
auf die nächstbeste Lokomotive kletterte
und in den Abraumhalden von Katanga
die x-te Plackerei suchte
Lwamba, der durch die ganze Kolonie pilgerte
Lwamba, der sich zwei Monate in Stanleyville aufhielt
Lwamba, der es in Banningville Regen und Schönwetter
werden ließ
Lwamba und seine endlosen Aufenthalte in Thysville
Lwamba, der Pilger
Lwamba, der Forscher
Lwamba, der Entdecker des Hinterlands
Lwamba und seine Sprünge treppab ohne sich einen Krampf
zu holen
Lwamba, wie er die Welt auf die Schippe nimmt
Lwamba, wie er die Logik auf die Spitze treibt
Lwamba, wie er die Frömmler,
die Gigolos und ihre Neffen der Schmach ausliefert

Lwamba,
wie er in den Bistros von Leopoldville die Rumba schiebt
Lwamba, der sich mit den ersten Weißen im Land abmühte
Lwamba, Kammerdiener bei den Italienern
Lwamba, Chauffeur bei den Belgiern
Lwamba, Gärtner bei den Portugiesen
Lwamba und seine griechischen Freunde
Lwamba, wie er den Amerikanern ins Ohr flüsterte
Lwamba, der das Kolonialgefängnis kennenlernte
und die großartigen Kerker der Zweiten Republik
Lwamba, wieder er
Lwamba und seine Dynastie
Lwamba, Shambuyi gleich dreimal
erste Schwangerschaft:
Lwamba und seine Frau bekommen zwei Töchter
zweite Schwangerschaft:
Lwamba und seine Frau
bekommen eine Tochter und einen Sohn
dritte Schwangerschaft:
Lwamba und seine Frau
bekommen eine Tochter und einen Sohn
Lwamba, der Macker mit den 67 Enkeln
Lwamba, der Mann,
der hundertzweiundzwanzig Jahre alt wurde
Lwamba, der Patriarch
Lwamba und seine Bluffs
Lwamba mit seinem Gerede im Stehen zu schlafen
Lwamba, der in der Sprache der Europäer las und schrieb
höchste Euphorie,
als Lwamba sich seinen ersten Drahtesel beschaffte
wieder er, Lwamba und seine erste Schrottkarre

KASALA 36
wer erinnert sich
an François Mulowayi wa Kalala
den Onkel mit den vielen Spitznamen
den Urvater
die goldene Stimme
den Boss
den Krieger
Einsamkeit, wenn du uns an der Nase
in die Epoche von Mulowayi wa Kalala führst
den Nachfahr der Tshisumpa-Linie
da war das Exil noch ein Köder
die Karate wuchsen
der Tag folgte auf die Nacht
und die Nacht verblasste zugunsten der Sonne
wir hatten eine Erde
auf der wir zurechtkamen
ohne uns in die Hose zu machen

KASALA 10
Mumbu
Dilenge
Mululu
Kapolowayi
Muabi
Baumgeister
die einst Shimbalanga anrief
der Zweitjüngste meiner Onkel
gebt uns die Kraft die Sonne zu unterwerfen

KASALA 79
Bende versagen die Nerven
und wir an Bord im Morast

KASALA 65
ein zusätzliches Geschöpf
Kongolo Kaa Mukanda, der glaubte unter den Füßen
von Mvidi Mukulu den Rasen zu mähen
fand sich in irgendeiner Schlucht
in eine Schlange verwandelt unter den Reptilien wieder
erschütterndes Schicksal
dessen, der einst zur Grande Seigneurie gehörte

KASALA 83
ohne Bendes Unterschlagungen
wären wir vielleicht noch auf dem Gipfel des Himmels
in der allergrößten Ruhe

KASALA 74
Kongolo Kaa Mukandas Drama ist, dass er
seit seinem Erscheinen weder Mensch noch Ding noch Tier war
ist das Grund genug, andere Geschöpfe zu beneiden
und sogar quakend eine künstliche Schönheit einzufordern?
die Fortsetzung ist bekannt

KASALA 17
Land der Exzesse und der Maßlosigkeit:
die Diamanten, das Erdöl, der Wald, der Fluss,
das Kupfer, die Massengräber

KASALA 87
überlassen wir das Geschöpf
seinem zahmen Wiederkäuen

KASALA 88
wir werden uns bestimmt nicht ranhalten, auch noch
Kabambi Baloji Mutambayi Mwena Shabanza, Mukua Mulumba

aufzuwecken
weil sich Bende eine Kugel ins Genick gejagt hat
oder wegen seiner x-ten Ausschweifungen
in ein- und derselben verdammten Woche

KASALA 89
die Stadt gibt sich das Aussehen eines Freiluftschlaflagers
aufgedrehte Kids unter Diamba und anderen Halluzinogenen
schäumen schlüpfrig durch die Straßen
anstelle von Matratzen Pappe
sie treiben es zu bunt, setzen die gleichen Pestgrimassen auf
wie ihre Vettern, die in den Mimen von Shinkolobwe schürfen

KASALA 90
biso nionso tosa bikelemu ya Nzambe
wer noch den Unglauben überbietet,
kann ja seinen eigenen Planeten erschaffen
mit seinen Huren, seinen Flüssen, seiner Pampa,
seinem Dreck, seinen Unterstützern,
seinen Massengräbern, seinen Mittagsdämonen,
seinen Latrinen, seinem Wirrwarr und dem
ganzen Kram

KASALA 92
Streithammel?
Bende vertilgt seine Lutuku-Entleerung
ohne die geringste Benommenheit zu spüren
er rülpst, der Frömmler, und stolziert unruhig umher
und vergisst, dass er nur ein Hampelmann ist
ein Exkrement, sonst nichts

KASALA 93
wir werden den König der Tiere nicht um Rat fragen

am Ende müssen wir seine Abstellkammern bevölkern

KASALA 95
ließe man Bende Jahrhunderte der Reue
wäre das Ergebnis das gleiche
bis auf ein paar Stammeleien
die legendären Bosheiten und die Geburt von Blagen

KASALA 69
sämtliche Erzeugungen sind Werke der Tröstung
auch die Erschaffung des Menschen
aus lauter Mitleid erschuf Mvidi die (zwittrigen) Geister,
Tiere, Menschen und Dinge
die Fortsetzung ist wohlbekannt
die Hekatombe

KASALA 91
Massengräber haben noch eine Zukunft
die Hampelmänner dämmern, Kalasch im Arm, vor sich hin

KASALA 105
es wäre zu schön, um wahr zu sein
dass sie ihre Tricks aus dem Fenster stürzen
ein Blutegel, sehen Sie ihn die Pizza fressen?
nicht im Traum!
das ist, als würde man den Ozean mit der Kalahari-Wüste
verwechseln

KASALA 5
man hat Mühe
das zirpende Geschrei der Schürfer von Katekelayi
zu verlernen

KASALA 76
Mulunda wanyi
deine Kinder heben immer noch Massengräber aus
schlag uns mit einer Sintflut oder irgendeinem Bauchleiden
sie graben seit zwanzig Jahren

KASALA 39
Ntete
Tshiame
Mukulumpe
Vorfahren der ersten Stunde
wenn ihr euch zeigen könntet
könnten wir das zairische Gasthaus hinter uns lassen

KASALA 82
der längste Friedhof
zwischen Lubumbashi und Mbuji-Mayi
Tausende Leichen eingezwängt entlang der Gleise
abseits der Säuberung
hielt der Zug an jedem Bahnhof
man grub die Kadaver aus
und sollten Sie (falls diese noch mit bloßem Auge erkennbar sind) die Grabstätten
von Jean Kabeya,
von Marie Mujinga oder sogar von Alphonse Kaniki suchen
dann nehmen Sie den Zug ab Mwene-Ditu oder ab Katanga

KASALA 54
die Bakishi beobachten mich
ergötzen sich an meiner Unbefangenheit
stecken beinah zurück
halten schon die Epilepsie und die Syphilis bereit
um sich in letzter Sekunde zusammenzureißen

KASALA 49
der Winter naht groß wie ein Riese
und mein Kaku fehlt beim Appell

KASALA 58
in seinem Schaukelstuhl
wirkt Kaku, mein Urgroßvater,
noch älter
er ist so alt wie der Fluss
so alt wie die Bahnstrecke Lubumbashi-Mwene-Ditu

KASALA 59
Kaku kann nicht mehr die Beine rühren
nur der Schnabel hält nicht still
er leiert die alten Namen herunter
einen nach dem anderen

KASALA 60
Mvidi Mukulu wa Mukulumpe
Mvidi Mukulu wa Bende
Mvidi Mukulu wa Tshiana Tshikulu
Mvidi Mukulu wa Tshilele
Mvidi Mukulu wa Tshiame
dein Geschöpf, das ich bin
trägt im Kopf einen Einschluss
wegen seiner Spritztouren in den Djudju-Saft

KASALA 84
die Bakishi sind immer noch tief betrübt
über mein von Pocken befallenes Knochengerüst
Bendes Schuld?

KASALA 41
die Ahnenfolge von Mwanza Nkongolo
gewöhnt sich nicht an das Fehlen der Masken
Bendes Schuld?

KASALA 61
die Kinder geraten in einer Kupfermine außer Atem
tragen ihre Zombieköpfe zur Schau
Bendes Schuld?

KASALA 94
ba meli, ba tondi, ba buaki ngunda
Tante Konde sollte in sich gehen
die Geschöpfe überspannen den Bogen
Bendes Schuld?

KASALA 18
Kaku und ich schmachten
nichts kommt am Abend an mich ran
kein Bier, kein Djudju-Saft, nicht mal Tschibuku
die Masken, die Masken
Bendes Schuld?

KASALA 46
Kaku kommentiert die Ereignisse
er gerät auch in Wut
obwohl das Alter ihm das Raufen verbietet
verflucht er die Messermörder bis ins sechste Glied
verliert sich in kollektiven Vorhaltungen
Bendes Schuld?

KASALA 34
jedes Mal, wenn er Karies kriegt

kommt Kaku auf Lumumbas Zähne zu sprechen
Bendes Schuld?

KASALA 55
die Schürfer von Katekelayi hoffen ...
auf die Auferstehung – ihre
Bendes Schuld?

KASALA 57

die Vollmondmörder sind umtriebig
sie saufen den letzten Kelch Sperma
ehe sie sich über das Frischfleisch hermachen
Bendes Schuld?

KASALA 47
seit Nsanga-a-Lubangu
laufen wir einem fiktiven Land hinterher
Bendes Schuld?

KASALA 70
Mua Ntumba beweint seine Zwillinge
Mbuyi und Kabanga schreien sich in den finsteren Zellen
des ANR heiser
Bendes Schuld?

KASALA 26
Mwanza wa Mwanza
der wartet auf die Gliederarmbänder seines Kaku
Bendes Schuld?

KASALA 100
weil es die Demokratie will um jeden Preis
haben wir ein Land, das Blut pisst

KASALA 98
kaum abgestillt
rackern sich die Gören im Loch ab
stinken noch wie Fliegendreck
Bendes Schuld?

KASALA 96
oben auf den Zügen, die nach Mbuji-Mayi aufbrechen
Kinder, das Lachen bis zum Hals
werden sie nach der Halde irgendeinem Vorfahr zusetzen
oder Mvidi wa Kaku, den Geist der Urahnin, anflehen
sie ein für allemal
vom Fluch zu befreien?

KASALA 101
die Bäuche voller Spulwürmer
graben die Gören mit bloßen Händen
in den Steinbrüchen der Fungurumu-Mine
Bendes Schuld?

KASALA 97
die Masken, die den Ozean überqueren
sind billiger als Modeschmuck
Bendes Schuld?

KASALA 99
die Gören steigen weiter in die Mine hinab
sie kreischen zum Gott von Mutter Tshiame
sie zu bewahren, vor einem Bergrutsch

vor noch einer Masernansteckung
und vor der Schlafkrankheit

KASALA 107
die schürfenden Gören
haben diesen hübschen Brummschädel
sie rasieren sich alle die Köpfe
wie die Rekruten des Militärs
tragen Treter für Zweitfüße
um chic zu sein in den Minen von Dimbelenge
Bendes Schuld?

KASALA 108
selbst mit der Knarre an der Schläfe
würde wir nicht nach Prag oder Moskau oder Kingakati gehen
sondern nach Tchikapa
den Tshishimbi tanzen
und den Ahnen „nzolo“ opfern

KASALA 106
in diesem Land, wo der Nachrichtendienst besser
funktioniert als Krankenhäuser, Freudenhäuser und Krippen
haben die Gören, die in das Loch hinabsteigen
noch Träume
sie wollen den einen Stein aufheben,
der sie aus dem Schlammassel stößt

KASALA 102
die Gören werden auch von den Pocken geschlagen
oder sind das einfach nur Tuberkulosereste?

KASALA 23
ohne Mvidi Mukulu va Mukulumpe

säßen wir noch im Fliegendreck
schmutzige Morgenleiber
mit Gras im Mund

KASALA 7
wir werden uns nicht so bald aus dem Fenster stürzen
auch wenn das den falschen Doppelgängern nicht passt

KASALA 32
bin ich zu bedauern
im Fluss zu enden?
ich oder die ganze Nachkommenschaft
von Kaku, meinem Urgroßvater?

KASALA 77
was, wenn man die Zähne meines Kaku
gegen Lumumbas eintauschen würde?

KASALA 37
ich werde nicht
für diese blutverschmierte Suppe
Schlange stehen
wenn ich die Ahnenfolge verramsche
soll mir Mvidi Mukulu wa Mwanza
eine Geschlechtskrankheit schicken
einen Schlaganfall auf Bewährung
und die Bakishis sollen
zwei Jahrhunderte und vierzig Regenzeiten lang
meine Erektion sabotieren

KASALA 9
ich ließe meine Hand einsperren
damit die Sonne

und dazu der Mond
ab heute Nachmittag
in meinem Mund aufgehen
selbst wenn das Bende nicht passt

KASALA 16
Geheimdienst der Demokratischen Republik Kongo
ich weigere mich
mit den Messermördern des ersten Regens
zu Tisch zu sitzen
sie verströmen den schalen Geruch frischen Bluts

KASALA 19
ich würde das Exil
der Intrige vorziehen
auch wenn das Bende nicht passt

KASALA 20
ich weigere mich mit meinem Unterleib
ich weigere mich mit meinem Geschlecht
ich weigere mich mit meinem Protozoen-Kopf
lieber dement
als meinen Kaku entehren
auch wenn das Bende nicht passt

KASALA 43
ich sterbe, der Bauch aufgeschlitzt
ah! Der Tod, der schöne Tod, was ist das?
man gewöhnt sich an die Macheten
die Messermörder, die Messermörder
sind ganz versessen auf die Schamgegend

KASALA 30
absurdes Theater?
die Vollmondmörder
reden von Frieden und Nächstenliebe
hören Brahms und Mozart
aber verzweifeln dennoch am Fehlen neuer Opfer

KASALA 35
ewige Wehmut nach Shimbalanga
den zweitjüngsten meiner Onkels
der loszog, seinen Diamantenteil
in den Mimen von Dimbelenge zu suchen
Bendes Schuld?

KASALA 13
wir zerstreuten uns
nach den Launen der Eisenbahn
Bendes Schuld?

KASALA 96
was sollen diese Kupplerwitze am Ende einer Laufbahn
Bendes Schuld?

KASALA 6
Wahnsinnspreise
Masken zum Verkauf an Meistbietende
die Menge stürzt sich drauf
kauft ohne zu murren
Bendes Schuld?

KASALA 21
wir besaßen ein großes Land
weit, grün, üppig, riesig

das sich erstreckte von Kinshasa bis Katanga
von Luebo bis Gbadolite
Bendes Schuld?

KASALA 72
Kongolo kaa Mukanda fragt sich:
bereut Mvidi Mukulu
dass er mich so tief sinken ließ
meiner Insignien der Grande Seigneurie für immer beraubt
und auf die Erde spuckte wie einen kleinen Gauner?

KASALA 48
noch Jahre nach dem Gemetzel
schimpfen die Schürfer von Katekelayi
in der anonymen Sprache der Toten

KASALA 109
am besten verstehen wir uns auf
Massengräber
ist das auch Bendes Schuld?
habt ihr Bende anstelle von uns graben sehen?
war es Bende, der die Frauen und Mädchen im Kivu vergewaltigt hat?
ist Bendes schwarze Hand bei dem Massaker an den Kamuina Nsapu aufgetaucht?
war er, Bende, direkt oder indirekt beteiligt am fröhlichen Blutbad
der Anhänger von Bundu dia Kongo?
die Leichen im Fluss, auch Bende?

KASALA 27
die Wurfspieße, Armreifen, Masken, Statuetten, Trommeln, Teppiche, Lanzen und der andere Krimskrams von Mwanza wa Mwanza liegen noch immer in den Museen herum
Bendes Schuld?

KASALA 24
der Name ist ein Wandermuseum
wenn ich meinen Kasala pfeife
bin ich nicht mehr allein
dann sind meine Mutter und mein Vater bei mir
meine Tanten und Onkel Shimbalanga, der Fluss Kongo und die Himmelstiere, die
Eisenbahnen und die Berge, die Sonne und die Sturzfluten, der Munkamba-See und der
Lubilanji-Fluss, mein Kaku von jeher, mein Kaku und sein Schaukelstuhl, mein Kaku mit
dem langen Bart, mein Kaku mit der dicken Brille

KASALA 62
diese wilde Nacht
die Lust eine Schweinerei zu verüben, steigt mir in die Kehle
ich werde tanzen gehen, Rumba und TSHIKUNA FOU
bis mir das Rückgrat bricht
das hat mein Kaku wahrlich verdient
einen Jubiläums-Hüftschwung zu Ehren des Mukishi

KASALA 50
ich berufe 347 Pferde ein
ich berufe das Erdbeben ein
ich berufe die Sonnenfinsternis ein
ich berufe die Sintflut ein
ich berufe die Sterne ein
ich berufe die Luxusschlitten ein
ich berufe 345 Nashörner ein
ich berufe 67 Tiger ein
ich berufe den Mississippi ein, ich berufe den Maningoza ein, ich berufe den Maroni
ein, ich berufe den Brahmaputra ein, ich berufe den Okavango ein

und den Jordan und
den Niger und den Saloum und den Essequibo und den Euphrat
und den Mackenzie River
und den Rio Grande und den Kamtschatka und den Jangtsekiang
und den Santa Cruz und
den Suriname und den Amudarja und den Ganges und den Kongo
und den Indus und die
Charente und den Dnepr und die Dordogne und den Irrawaddy
und den Guadalquivir und
die Meuse und die Wolga und den Mokau River und den Sepik
und den Tiber und die Iser
und die Lena und den Tanganyika und den Orinoko und den
Mekong und den Tshangalele
und die Donau und den Amazonas und den Rhein und die
Limmat und den Nil und den Limpopo River und
den Zambezi
um eine FRAU zu feiern
meine Mutter Ma'Nanga

INTERVIEW MIT FISTON MWANZA MUJILA

von Antoine Wauters

In allen deinen Büchern erweckst du den Eindruck, die Zeit zu dynamisieren, die Zeit und ihre Maße. Das war in Tram 83 der Fall. Und wenn du hier von deinem Kaku erzählst, dann gibst du ihm 105, 120, 186 Jahre oder sogar zwei Jahrhunderte. Woher kommt diese Idee, diese Lust, die Zeit zu strecken? Ist das eine Art, darüber zu lachen? Sie herunterzuspielen? Sich darüber lustig zu machen?

Auf Tschiluba ist „Kaku“ die allgemeine Bezeichnung für einen Großelternteil. Mein Text bezieht sich eigentlich auf eine Frau, nämlich die Großmutter meines Vaters. Als ich klein war, kam es mir wegen der außergewöhnlichen Langlebigkeit dieser Urgroßmutter manchmal so vor, als wäre sie ein Mann. Während ich das ihr gewidmete Gedicht komponierte, habe ich ganz bewusst beschlossen, mit dieser Zweideutigkeit zu spielen.
Mpinda, denn man sollte sie bei ihrem Namen nennen, wurde Anfang des 20. Jahrhunderts geboren oder vielleicht sogar früher. Was für mich als Schriftsteller kein Problem darstellt. Mit Hilfe der Literatur bemühe ich mich, die Leerstellen und das Unausgesprochene des familiären Gedächtnisses und des Clans zu erzählen. Dieselbe Herangehensweise wende ich auf den Kongo an, der im Übrigen eine koloniale Erfindung ist, wie Afrika überhaupt.
In meinen Romanen erlaube ich mir, die Fährten zu verwischen. Ich hinterfrage und zerlege das westliche Zeitkonzept im Lichte der Subjektivität und der Randständigkeit, die für meinen Weg typisch sind. Ich bin der Sohn, der Enkel und Urenkel von Kolonisierten. Ich wurde in der Minenstadt Lubumbashi geboren. Vor über zehn Jahren habe ich meine Koffer in Graz abgestellt. Diese

beiden Städte (die gegenüber Wien, Paris oder Kinshasa randständig sind) bilden meine Beobachtungsposten.
Im Haus meiner Großeltern lebten zwei kulturelle Ökosysteme zusammen. Diese beiden Welten verwickelten sich oder gerieten aneinander, je nachdem. Mein Großvater und meine Großmutter väterlicherseits waren nicht die vordersten Verfechter der französischen Sprache, aber sie bestanden darauf, dass ihre Enkel die Sprache der Weißen aufs Perfekteste beherrschten – *mwakulu wa batoka*. Großvater hatte zahlreiche kleine Jobs für die Europäer übernommen, ehe er sich selbständig machte. In seinen Augen lagen Bewunderung und auch Beunruhigung, wenn er sah, wie wir uns des Französischen bedienten.
Und was das Alter angeht, so habe ich, soweit ich in meiner Kindheit zurückdenken kann, weder meinen Großvater noch meine Großmutter je ihre Geburtstage feiern sehen. Sie erwähnten sie mit keiner Silbe. Sie schenkten auch meinem Geburtstag keinerlei Beachtung. Wie Kaku, seligen Andenkens, gehörten sie zu einer Generation, die den brutalen Kontakt des Westens mit Afrika miterlebt hatte. Der kongolesische Autor und Philosoph Valentin Mudimbe beschreibt in seinem Werk *The Invention of Africa* diese Situation mit drei Schlaglichtern, die ich hier auf englisch zitieren möchte: „*The domination of physical space, the reformation of native minds, and the integration of local economic histories in the Western perspective.*"
Kannte mein Großvater sein Geburtsdatum? Machte er sich groß Gedanken darum? Ich weiß darüber so gut wie nichts. Sein Verhalten spiegelte womöglich die Weigerung, sich in dieses neue Paradigma – der persönlichen Daten – einzufügen. Ich empfinde jedes Mal einen Stich, wenn ich Formulare für die Verwaltung auszufüllen habe. Um meinen vollständigen Namen einzutragen, reicht die eine Zeile längst nicht. Wie mag das erst für meinen Großvater gewesen sein, der so viele Namen hatte wie Sterne am Himmel stehen?

Das westliche Alter zu boykottieren, könnte eine Erklärung dafür sein, dass mich manche Alten in der Familie mit verschiedenen Spitznamen belegten. Sie riefen mich bei den Namen der Vorfahren unserer Ahnenfolge. Auf diese Weise wurde ich ihr Ältester, noch älter als mein Vater und meine Mutter. Was eine Katastrophe war. Ich wurde fuchsteufelswild, wenn man mich Mwanza wa Mwanza, Mwanza Tshimankinda Mukole, Mwanza Mujila Bisonsa usw. nannte. Damals war ich fünf oder sechs. Ich lernte gerade meinen Namen zu schreiben, zu lesen, eine Giraffe zu zeichnen … Ich sah keinen Sinn in diesen Aufzählungen, die ich obendrein verabscheute.

Neben der Sprengung der Zeit öffnet sich in deinen Büchern auch der Raum und wirkt wie gesprengt. Als wäre alles fortwährend in Bewegung, ein Getümmel ohne feste Identität. Ist das eine falsche Lesart meinerseits? Oder durchbrichst du mit deinem Schreiben die Zuschreibungen und Identitäten? Um dich zu vervielfachen?

Diese Strategie zielt im Grunde darauf ab, die Repräsentanzen und auch andere geographische und örtliche Anschauungen neu zu denken. In der kollektiven Vorstellung ist der Westen durch einen riesigen Fluss vom Rest der Welt getrennt. Es ist so, als würden wir auf dem Mond leben und die anderen Menschen auf dem Mars. Die unterirdischen Verbindungen zwischen den Völkern und den Kulturen werden sehr oft übergangen. Ich habe eine Schwäche für heterotopische Räume und Nicht-Orte, wie Bahnhöfe, einen Steinbruch oder eine Bar, die den heterogenen Charakter der heutigen Welt deutlich machen.
Du wirst mit mir übereinstimmen, dass die Literatur uns die Chance gibt, die aus Angst entstandenen Fehlvorstellungen und Irrtümer zu korrigieren. Ein einfaches Beispiel: Die geographischen Karten wurden von den Machthabern reichlich als Instrumente der Unterdrückung benutzt. Auf vielen Urkunden, die

wir bis heute verwenden, sind Fläche und Form von Territorien (absichtlich) falsch verzeichnet. Heutzutage hinterfragt man Ortsbezeichnungen, wie die Konzepte der Dritten Welt, der Länder des Südens. Denn sie verweisen auf einen, oftmals abwertenden und exotischen, Blick von außen. Was mich angeht, so versuche ich das koloniale Vermächtnis zu stürzen, auch wenn das nicht das Hauptanliegen meiner Literatur ist.

„Das Kind Zaires bleiben", sagst du. Kannst du mir etwas über dein Verhältnis zu jenem Land sagen, gestern Zaire, heute Kongo?

Im Kongo erleben wir so etwas wie eine Beschleunigung der Geschichte. Das Land erkämpft im Juni 1960 seine Unabhängigkeit. In der Folge kommt es zur Abtrennung einiger Provinzen, zur Ermordung von Patrice Lumumba im Jahr 1961, gefolgt vom rätselhaften Tod des UNO-Generalsekretärs. Mobutu, der 1965 die Macht ergreift, wählt als Devise die Authentizität, eine politische Ideologie zur Löschung des kolonialen Gedächtnisses: der Fluss, die Währung und das Land tragen fortan den schillernden Namen Zaire, und die Städte bekommen afrikanische Bezeichnungen. Mobutu erklärt sich zum Sergeant Major und regiert als Alleinherrscher bis zu seinem Sturz 1997 durch den von Laurent Désiré Kabila angeführten Aufstand. Das Land wird wieder in Kongo umbenannt, ebenso die Währung und der Fluss … Der neue starke Mann Kinshasas wird nach wenigen Jahren ermordet. Sein Sohn folgt ihm auf den Thron und lenkt fortan die Geschicke des Landes, nicht ohne eine Dosis Autokratie vor dem Hintergrund von Rebellionen, Massenmorden und umstrittenen Wahlen. Sobald ich an mein Land denke, habe ich die Empfindung von Verschwendung, gepaart mit einer hinkenden Hoffnung. Es ist das Bild einer sehr mütterlichen, großzügigen Frau. Allmorgendlich bringt sie wunderschöne Kinder zur Welt. Doch kaum bricht der Abend an, läuft sie und „suizidiert" diese im Ozean. Wir sind

eine Menschenmasse, die von diesem Land ins Exil gezwungen wird, zur Entweihung der Hirne, zur Untätigkeit … Ohne falsche Bescheidenheit: Der Kongo ist ein verpfuschtes Paradies. Er ist so groß wie Westeuropa, sein Boden ist bestes Ackerland, er ist vollgestopft mit Mineralien ohne Ende, verfügt über eins der größten Wasserreservoirs der Welt, über Wälder und Vulkane … Aber seine Bewohner nagen immer noch am Hungertuch.
Ich vergleiche den Kongo gern mit Österreich und Deutschland nach dem zweiten Weltkrieg. Ich identifiziere mich mit den Autoren der Nachkriegsliteratur, wie die Gruppe 47, eine 1947 von deutschsprachigen Schriftstellern gegründete literarische Strömung, mit dem Ziel, die Literatur und den Auftrag des Schriftstellers gegenüber einer ausgebluteten Gesellschaft neu zu denken. Ein (kongolesischer) Schriftsteller zu sein, ist kein Vergnügen. Im Osten meines Landes werden immer noch Gemetzel im großen Stil angerichtet, ohne dass sich irgendjemand aufregt. Somit liegt es nahe, in einer ehemaligen Kolonialsprache zu schreiben, ausgehend von einer in Trümmern liegenden Nation, in einem gewollten und angenommenen Exil … Abgesehen davon hat der Kongo meine literarische Persönlichkeit geformt. Ich möchte hier mit den Worten von Ilse Aichinger sprechen: *„Der Krieg hat die Dinge geklärt"* – anders ausgedrückt: Der Krieg macht die Welt verständlicher.

Bist du ein nostalgischer Schriftsteller, Fiston? Sehnst du dich zurück nach deiner Kindheit? Nach einer fernen Zeit, als alles noch eins war, vereint? Ich frage dich das, weil das Volk der Luba in diesem Buch viel Raum bekommt, die Luba mit dem ersten Königreich, das um das 14. Jahrhundert im Kongobecken entstand?

Ich würde es eher einen Prozess der Wiederaneignung des Gedächtnisses nennen, einhergehend mit einem künstlerischen Ansatz. Um mehr Licht ins Dunkel zu bringen, erlaube ich mir, das Gedächtniskonzept in der Logik von Jan Assmann anzuwenden. In seinem bekanntesten Werk, *Das kulturelle Gedächtnis*, unterscheidet der deutsche Ägyptologe klar zwischen dem kommunikativen Gedächtnis und dem, was er als das Gedächtnis der Erinnerung bezeichnet, auch kulturelles Gedächtnis genannt. Ersteres ist informeller Natur und beruht auf Erinnerungen an eine überschaubare Vergangenheit, die das Subjekt mit seiner Umgebung teilt. Es überdauert drei oder vier Generationen, mehr nicht. Dieses kommunikative Gedächtnis enthält die biographischen Erfahrungen und verblasst oftmals, wenn deren Träger verschwinden. Das kulturelle Gedächtnis betrifft dagegen die Erzählungen vom Ursprung und wird von Spezialisten inszeniert oder archiviert – von Dichtern, Griots, Barden …

Mein Großvater väterlicherseits, der – im Gegensatz zu seiner Frau – sehr schlagfertig war, verkörperte beide Gedächtnisinstanzen. Als er 2008 starb, hatte ich das Land schon verlassen. Sein Ableben war ein Schock für mich. Mir wurde klar, welchen Schaden sein Fortgang verursachte. Ich merkte, dass mit ihm eine ganze Welt für immer unterging. Ich entsinne mich, dass er in meiner Kindheit die Angewohnheit hatte, lang und breit von seinen Pilgerschaften zwischen den Regionen Kasai und Katanga zu berichten, aber ebenso von den Geschicken der Familie – dem Kommen und Gehen dieser und jener, den Eheschließungen –, nur hatte ich damals kein Ohr dafür.

Ich wurde in der für ihr Kupfer bekannten Bergbauregion Katanga geboren. Meine Vorfahren stammen aus der Region Kasai. Während der Kolonialzeit siedelten sie um in den Süden, um in der Mine zu schuften. Die Minengesellschaft *Union Minière du Haut Katanga* war gerade erst gegründet worden und brauchte viele Arme, um die Maschine am Laufen zu halten. Daher gab es quer durch die belgische Kolonie, aber auch in Südafrika, Ruanda und Burundi eine breitangelegte Kampagne zur Rekrutierung von Arbeitskräften. In dieser Goldgräberstimmung zogen die

Großeltern nach Katanga. Sie nahmen ihre Kultur mit. Mit ihnen sprach ich Tschiluba …
Diese Gedichtsammlung stellt ein Gespräch mit mir selbst dar. Ich rufe mir Familienmitglieder ins Gedächtnis, die ich bewundere, wie meine Tanten Mbuyi und Ntumba, oder auch Onkel Tshimbalanga; ich durchforsche die verschiedenen Facetten in der Geschichte des Volkes Luba, wie das Massaker an den Minenarbeitern in Katekelayi; ich beschwöre kulturelle Ausdrucksformen herauf, wie den Tanz von Tshishimbi … An spirituellen oder kosmogonischen Motiven mangelt es da nicht. Um meine Texte anzureichern, habe ich mich von den Schriften Tierko Fourches und Henri Morlighems inspirieren lassen und natürlich von der mündlichen Luba-Überlieferung. Diesem letzten Abglanz auf meine Gedichte, die genealogisch sind. Dichtung ist die stetige Suche nach dem Sinn. Vielleicht dient das zur Erklärung.
Anspielungen, Bezüge und Seitenblicke auf die Sitten und Gebräuche meiner Eltern, Großeltern oder Urgroßeltern entbehren jegliche erläuternde Anmerkung. Wie Glissant bin ich ein Verfechter der Opazität und wie Mudimbe der Subjektivität. Was den Aufbau angeht, also thematisch, so ist der Einfluss des Kasala unübersehbar, einer mündlichen Literaturgattung, die sich wie ein Gedicht oder ein Gesang entfaltet und die Ereignisse in der Gemeinschaft durchkaut. Dabei ist die Zuhilfenahme der Fiktion nicht verboten. Ein Kasala kann einen Angehörigen, eine historische Persönlichkeit oder auch eine fiktive Figur betreffen. Anlässlich der Bestattung meines Vaters verwandelten sich zahlreiche Frauen – Cousinen, Nichten, Tanten und sogar meine Mutter – in Erzählerinnen. Zwischen ihren Schluchzern bauten sie Familien- und Ahnengeschichten zu Mwanza Mujilas Werdegang ein.

Das erste Mal habe ich dich in Paris beim Autorenverband SGDL einen deiner Texte lesen hören. Ein unvergessliches Erlebnis, wo du nach deinen schüchternen Antworten auf die Fragen des Moderators, das Mikro nahmst und dich in eine abgefahrene Rezitation voller Lacher und wilder Hickser gestürzt hast, als wärst du in Trance. Schreibst du auch so? Hervorstoßend? Um etwas zu durchbrechen? Wie erklärst du dieses „Außerdirsein“?

In der förmlichen Sprache des Suaheli von Lubumbashi ist der Ausdruck „Ndjina ya mu tumbo“ (Bauchname) die Bezeichnung für Familienname. Er geht der Geburt des Kindes voraus. Der Familienname artikuliert sich wie ein musealer Raum – mit dem einzigen Unterschied, dass die Objekte, in diesem Fall die Namen und Leben derer, die ihn verkörpern, noch aktiv sind. Er aktualisiert sämtliche gleichnamigen Familienmitglieder. Wenn ich meine Gedichte deklamiere, schließt sich meine gesamte Genealogie dieser Übung an. Ich habe dann den Eindruck, zusammen mit meinen Eltern zu lesen, mit meinen Brüdern und Schwestern, meinen Lieblingstanten Ntumba und Mbuyi, mit dem zweitjüngsten meiner Onkel Tshimbalanga – der in den 90er Jahren in die Region Kasai auf Diamantsuche ging –, mit Onkel Katumbayi, trotz seinem Hang zur Flasche … Auf der Bühne wird meine Stimme elektrisch aufgeladen. Ich werde augenblicklich zum Fluss, zur Menschenmenge, zum Land, zur Welt.
Ich bin weder der erste noch der Letzte, der Körper und Stimmen in sich trägt, die nicht die meinen sind. Eine Anekdote: Vor einigen Wochen habe ich einen Patriarchen – mit Namen Lubanza – gebeten, über die Familie zu berichten, sich unsere Genealogie ins Gedächtnis zu rufen. Er radebrechte zwei Sätze auf Suaheli, um dann ins Tschiluba, seine Muttersprache, zu verfallen. Er wirkte wie unter dem Einfluss einer Halluzination. Seine Stimmlage wurde gellend. Seine Miene verkrampfte sich. Er schwitzte … Seine Hände und Füße bebten. Am Ende seines Selbstgesprächs, das keins war, war er außer Atem. Er schickte mich, ihm etwas zu trinken zu holen, und wechselte das Gesprächsthema. Ich vermute, dass er die erwähnten Ereignisse leibhaftig durchlebte: Krankheiten

und Sterben führender Köpfe der Familie, Geburten, Eheschließungen, Unfälle, seine Kindheit, die Zugreisen dieser Tante oder jenes Cousins während der Kolonialzeit …
Um auf deine Frage zu antworten: Wenn ich ein genealogisches Gedicht lese oder irgendeinen Text, bin ich mit dem Gesagten mental im Einklang, selbst wenn es sich um Fiktion handelt. Die Lacher, Gebärden, Tremolos und Nachahmungen … dieser ganze Zirkus, das möchte ich hinzufügen, hat nichts Therapeutisches. Die Dichtung ist (für mich) ein spirituelles Phänomen. Und jede Performance ist eine Kulthandlung. Ich kommuniziere mit den Bäumen, den Ahnen, den Verstorbenen. Sobald ich den Geist der Ahnfrau erwähne oder den Tanz des Tshishimbi, betrete ich eine andere Welt.
Der performative Aspekt kommt beim Schreiben vor allem dann hinzu, wenn der Text in den Rahmen einer musikalischen oder darstellerischen Darbietung eingebettet wird. Das ist der Fall beim zyklischen Gedicht *Vertus*, das auf Anregung des Saxophonisten Patrick Dunst entstand und von dessen musikalischem Ensemble deklamiert bzw. gesungen wurde. Der poetische Zyklus *Abbatoir des rêves ou la faute à Bende, l'ainé des hommes* hat eine ähnliche Entstehungsgeschichte. Sammy Baloji, ein kongolesischer Künstler, bat mich um einen Text zum Kongo. Ich danke ihm für die hervorragende Zusammenarbeit. Selbstverständlich ließ ich mich vom Kasala inspirieren, einer Gattung, die spezielle Themen und deren Variationen aufzugreifen vermag. Sie ist sozusagen das Rückgrat, von dem aus der Sänger (*mwena Kasala*) improvisiert. Die Orchestrierung dieses Clangesangs hängt von der Fähigkeit des Sängers ab, sich Erinnerungen ins Gedächtnis zu rufen und diese neu zu erfinden. Ich erstellte mit einigen Themen und Unterthemen einen ersten Entwurf. Dann bin ich mit Patrick Dunst (Saxophon, Bassklarinette) und Grilli Pollheimer (Perkussion) ins Studio gegangen. Wir haben den Text eine Stunde lang improvisiert – oder auch neukomponiert. Zuletzt habe ich die Aufnahme dazu

verwendet, dem Kasala den letzten Schliff zu geben. Das Ergebnis dieses Prozesses habe ich mit den begleitenden Musikern im Rahmen einer Ausstellung von Baloji, im Rietberg-Museum, präsentiert. Anschließend hat Sammy auf der Grundlage unserer Performance Videos und Installationen kreiert.
Die Themen von Jazz und Soul, auch vom Blues decken sich mit denen des Kasala. Daher mag ich diese Musikrichtungen besonders.

Stellst du Bezüge zwischen deinem poetischen Schaffen, deinem Romanwerk und deinen Texten für das Theater her? Oder sind das voneinander getrennte Ausdrucksformen?

Die Lyrik ist der Antriebsriemen für mein Schreiben. Ich trage das gleiche Vokabular, dieselben Geistesblitze und gewissermaßen auch dieselbe Unverfrorenheit zusammen, ganz gleich, ob es sich um eine Novelle oder um einen Roman handelt. Ich bin grundsätzlich Dichter. Ich weigere mich, meine Nabelschnur zu kappen, sobald ich mir den Kasack des Romanciers oder des Dramaturgen überziehe. In meinen Augen – und das ist meine persönliche Meinung, weshalb sie subjektiv und möglicherweise geschraubt klingt – ist die Dichtung die Mutter, die Schwester und die Großmutter der Literatur. Und ich möchte hinzufügen, dass das Schreiben in einer fremden Sprachumgebung Spuren hinterlässt. Ich habe immer mehr Gedächtnislücken, wenn ich auf Französisch schreibe. Die Mechanik – die Spontaneität, die innere Musik der Sprache, die Anordnung der Wörter – kann rosten. Ich habe mir daher ein persönliches Wörterbuch und eine stilistische Apparatur zugelegt, für den Fall der Unterversorgung. Ich kritzle Worte in Schulhefte, die ich durchblättere, ehe ich eine erste Version zu Papier bringe, aber auch bei der Überarbeitung. Ich schmiere französische Gedichte da hinein, um die französische Sprache warmzuhalten. In meinen Romanen und Theaterstücken greife ich darauf zurück.

Seit dem Erfolg von Tram 83, das in mehrere Sprachen übersetzt wurde, reisen deine Bücher um die Welt. Ich komme nicht umhin, das schön zu finden, weil mir das den Eindruck vermittelt, als würde genau dieses Thema dein Werk verbinden: Die Lust, zwischen den Kontinenten Brücken zu schlagen, zusammenzubringen, was getrennt wurde. Wie siehst du diese große Reise deiner Bücher?

Schreiben ist eine Tätigkeit voller Überraschungen. Du erschaffst (in jedem Werk) Figuren. Du nährst sie, wie man es mit Pflanzen oder Tieren tut, mit Sonne, Wasser oder Heu. Du gibst ihnen einen Leib, eine Seele, eine Identität, Vorlieben, Verrücktheiten. Du hältst sie von morgens bis abends an der Leine. Sie atmen allein durch deinen Willen. Du kannst sie aus deinem Manuskript herauswerfen, sie verächtlich machen, sie abscheulich oder hinfällig werden lassen. Aber ab dem Erscheinen des Romans verflüchtigen sich die Figuren. Sie schließen sich der Rebellion an. Sie schlagen sich auf die Seite der Leser. Und wenn der Roman übersetzt wird, ist der Graben noch tiefer, denn die Figuren drücken sich in Sprachen aus, die der Schriftsteller nicht beherrscht. Jedes Mal, wenn meine Texte in einer mir unbekannten Sprache erscheinen, empfinde ich Zufriedenheit und zugleich ein gewisses Bedauern, eine leise Wehmut. Für meine Figuren ist es das Paradies. Eine dänische Leserin von *Tram 83* oder ein südafrikanischer Leser meiner Novellen erlebt meine Bücher im Kontext seiner eigenen Kultur und seiner Leseerfahrung. Auf diesem Weg halten die Protagonisten meiner Texte Zwiesprache mit den literarischen Figuren anderer linguistischer Universen. Genau das ist das Wunder der Literatur: die Möglichkeit einer Welt ohne Grenzen.

Du lebst jetzt in Österreich, Fiston. Würdest du dieselben Bücher schreiben, wenn du anderswo lebtest, zum Beispiel im Kongo? Ich frage, weil ich glaube, dass man vom Verlust her schreibt, ausgehend von dem, was einem am meisten fehlt. Dein Territorium scheint die deinem Land zugefügte Verletzung zu sein. Dort haben deine Bücher ihren Ursprung und dahin kehren sie zurück, so kommt es mir vor. Würdest du diese Beobachtung unterschreiben?

Ohne mit der Wimper zu zucken, stimme ich dieser Ansicht zu. In meinem Fall geht es um einen doppelten Verlust – abgesehen davon, dass ich in Zaire geboren bin, einem Land, das es nicht mehr gibt. Der Verlust – oder der Riss, denn das ist jeder Verlust – des Raums wird dadurch ergänzt, dass ich nicht die Möglichkeit habe, mich in der sprachlichen Umgebung zu bewegen, in die ich hineingeboren wurde und wo ich aufgewachsen bin. Wo ich mich zum ersten Mal verliebt habe, wo ich lesen und schreiben gelernt habe. Ich wohne in Österreich und spreche im Alltag kein Französisch mehr, aber ich schreibe in dieser Sprache. Ich bin als Erwachsener in Europa gelandet. Das Französische – die Verwaltungssprache des Kongo – hat meine gesamte literarische Kultur geformt, dazu kamen die Sprachen Lingala und Suaheli. Für einen Schriftsteller – oder besser einen Besessenen, der mit der Sprache und den Wörtern Handel treibt – wiegt diese (wenn auch freiwillige) Entbehrung schwer. Ich habe den Eindruck, keine Sprache zu besitzen oder gar im Laufe meiner Existenz mehrmals geboren worden zu sein.
Im Ausland zu leben ist eine ungewöhnliche Erfahrung. Das merke ich sehr deutlich, wenn ich in Lubumbashi bin, meiner Geburtsstadt. Dort bin ich zum Ausländer geworden, ein Rückkehrer, ein Hybrid, auch wenn mir das niemand sagt. Du hast nicht mehr den Anspruch auf dieselben Geheimnisse, dieselben Vertraulichkeiten wie einst … Wenn du ankommst, ist es ein offenes Geheimnis, dass du nur auf der Durchreise bist; dass du morgen oder übermorgen auf demselben Weg wieder zurückfahren wirst. Die Tatsache, nicht mehr den Alltag zu teilen, nicht an den Hochzeiten und Zweithochzeiten teilgenommen zu haben, nicht zu Trauerfeiern und Beerdigungen erschienen zu sein, nicht die gleichen

Überschwemmungen, die gleichen schamlosen Wahlen, denselben Mangel an Fließendwasser und Strom erlitten zu haben, die Leute nicht bei ihren Krankheiten oder irgendeinem Erfolgserlebnis begeitet zu haben, verweist dich nicht nur einmal auf die Reservebank. Außerdem tritt dein Außenseitertum deutlich zutage: Du beherrschst nicht mehr die Feinheiten der örtlichen Sprachen, verstehst die Witze nicht, bist nicht imstande den neuen Tanz zu tanzen … Es gibt kein glückliches Exil. Das bedeutet, dass dein Weggang eine Entscheidung ist. Deshalb ist sie aber nicht zwangsläufig ein Fluch – *tshishotu*. Ich, für meinen Teil, nehme mein Schicksal an.

Ich hätte nicht dieselben Bücher geschrieben, wenn ich im Kongo leben würde. Ich wäre vielleicht Kneipier geworden, Musiker, Französischlehrer, Abgeordneter oder Händler im Bergwerk irgendwo in Katanga. Alle Schriftstellerkollegen aus meiner Jugend haben das Handtuch geworfen.

Im Westen zu leben, bringt eine atypische Beziehung zum eigenen Geburtsland in Gang. Ich sehe es anders, ich verstehe es besser … Der Kongo schleppt Jahrhunderte der haarsträubenden Gewalt mit sich herum – eine stürmische Kolonisation, Gebietsabtretungen, wiederholte Kriege, Diktaturen. Ich habe diesen räumlichen und sprachlichen Rückzug gebraucht, um die Unterströmungen der Karten zu begreifen und das Land neu zu erfinden. In meinen Texten ist der Kongo vor allem ein fiktiver Bericht oder vielmehr ein Fantasieterritorium, weil er vom Rand und vom Verlust her erfasst wird.

Der Ort des Ausdrucks macht etwas mit dem künstlerischen Schaffen. Meine erste literarische Genealogie versammelt afrikanische, frankophone und französische Schriftsteller, wie Rimbaud, Mudimbe, Hugo, Camus, André Breton … In meiner Geburtsstadt Lubumbashi konnte ich dieser Autoren leichter habhaft werden, ohne dem Teufel meine Seele zu verkaufen. Die zweite besteht aus Autoren des amerikanischen Kontinents, aus anglophonen

Afrikanern und Europäern, wie beispielsweise Dostojewski. Die aktuelle Genealogie umfasst deutschsprachige Schriftsteller und Dichter und solche aus dem sogenannten Osteuropa. Kaum hatte ich, zunächst in Deutschland, dann in Graz meine Koffer abgestellt, da habe ich angefangen, die Sprache zu lernen und Namen zu entdecken wie Kleist, Thomas Bernhard, Pilinszki, Kosovel, Mayröcker, Bachmann … Wenn diese Autoren auch nicht alle unter meiner Feder erscheinen, so kommt ihnen vielleicht der Verdienst zu, mir Trampelpfade aufzuzeigen.

Deine Bücher regen zum Tanzen an, wusstest du das? Rumba, Cha-Cha-Cha. Man könnte meinen, du schreibst, um dich an der allgemeinen Hässlichkeit und Trostlosigkeit zu rächen und tanzende Sterne hervorzubringen. Ist da etwas dran? Wie Nietzsche - eine verbissene Suche nach der Freude?

Ich schreibe nicht, um Berge zu versetzen, Wasser in Palmwein zu verwandeln oder auch nur soziale Veränderungen anzustoßen. Ich bin kein Prophet und erst recht kein Kurier. Als Schriftsteller setze ich mir keines dieser Ziele. Ich bin ein bekennender Musikfan und komme aus einem Land, in dem die Musik zur Feier des Lebens dazugehört. Sie hat sich in meiner Arbeit festgesetzt, ohne anzuklopfen und gegen meinen Willen. Die Musik erschafft ein Klanguniversum, das seinem Wesen nach freudig ist. Und das ist offensichtlich für meine Figuren, für den Dichter, der ich bin, und den potentiellen Leser ein Gewinn.
Jeder Text ist eine musikalische Komposition. Schreiben ist somit eine Manipulation der Sprache und daher auch von Wörtern und Bildern. Man kombiniert sie, schweißt sie zusammen, stapelt sie aufeinander … Was mich angeht, so verwende ich die (französische) Sprache wie Max Roach sich seines Schlagzeugs bedient, Masekala seiner Trompete, Dudu Pukwana seines Saxophons, Bheki Msekuku seines Klaviers … Eine normale Sprache besitzt

einen Körper, ob blutdurchströmt oder nicht. Wenn ich meine Gedichte zur Welt bringe, dann spüre ich die Sprache in meinen Händen, wie ein Laken, ein Tier, ein Mineral. Die Arbeit des Dichters sollte vielleicht darin bestehen, Kupfer oder eine Schlange in etwas Angenehmes oder frei Erfundenes zu verwandeln.
Aber zurück zur Musik: Sie ist die sichtbare Spitze des Eisbergs. Ich versuche – mit prähistorischen Mitteln – den Menschen dazu zu bewegen, seinen Sockel zu verlassen. Die Musik ist dabei vielleicht nur ein Vehikel, eine Art Rettungsplanke, damit wir wieder den Kopf frei bekommen.

Aus dem Französischen übersetzt von Elisabeth Müller

REPUBLIQUE DU ZAIRE
COMMERCE GENERAL
PRIMAIRES
TS.01
NOM MWANZA MUJILA
CLASSE 5 ans
GARDIENNE GG
Conduite
Orientation Religieuse 13/20
Français – Langage 7/10
– Récitation 6/10
Politesse
Initiation au calcul 7/10
Initiation à l'écriture 7/10
Chant 5/10
Dessin 6/10
Education Manuelle 6/10
TOTAL 16/20
66/100
Ordre
Lubumbashi, le 11 juin 1984
Signature
TB
BIEN
Le Président du Jury
Sceau de l'Inspecteur

Fiston Mwanza Mujila · Kasala Pour Mon Kaku

Fiston Mwanza Mujila

Kasala Pour Mon Kaku

et autres poèmes

l'Arbre à paroles

RITTER LITERATUR

KASALA POUR SAYAKA

avant de croiser tes pas
le Japon et sa floraison
résonnaient en moi
— dans ma cervelle et mon ventre —
comme la mathématique, la chimie ou l'astrologie
un jeu connu de seuls initiés
à l'instar d'une langue morte, un volcan en érection
mais depuis ce jour-là
ils m'apparaissent comme de la poésie
Rotterdam (avec ou sans bécane) est une ville miracle

KASALA POUR MOI-MÊME — I

j'ai décidé d'être heureux
de danser la rumba jusqu'à l'usure
de reprendre tous mes noms, bricoles d'antan
de demeurer l'enfant de la mine
et du chemin de fer
la mémoire familiale épousant la locomotive
l'exil dans l'œuf, l'éternelle solitude
j'ai décidé d'être insolent et désagréable
de cracher dans la soupe de ceux qui arrachent les
dents à la vie
de pisser sur leur prétendue bonne foi
de glousser en guise d'insolence
et de me repentir, par la suite, auprès de l'Esprit-Aîné
combien de temps résisteront-ils ?
déjà, ils ont fait de ce pays un mouroir
j'ai décidé de formuler des rêves
aussi vastes, aussi colorés, aussi grandiloquents
que l'espéranc
des rêves somptueux
aussi baveux que la pluie tropicale
la seule éructant la malédiction
renversant tout sur son passage
furieuse et éternelle et digne de déluge
quoiqu'on ne fera plus pénétrer dans l'Arche
le couple de tous les animaux purs
le mâle et la femelle
j'ai décidé de demeurer l'enfant du Zaïre
de fabriquer des voitures à l'aide des boîtes de conserve
ou des cerfs-volants, à partir des sachets
d'y accrocher un long fil
et de courir dans le soleil, de courir et de courir

jusqu'à ce que l'engin gagne le ciel...
lorsque le fil de raphia se rompait
le cerf-volant zigzagant se perdait dans le firmament
il ne nous restait qu'un sentiment de regret
j'ai décidé encore de rêver
non pas de marcher sur la Lune
ou d'inventer une énième arme chimique
mais d'ouvrir une espèce de bar merveilleux
d'y bazarder non pas l'ivresse ou
une quelconque beuverie
mais l'espérance
j'ai décidé d'être l'homme-orchestre de mon destin
moi-même à la batterie : KENNY CLARKE
moi-même à la trompette : MASEKELA
moi-même au piano : TAPSCOTT
moi-même à la contrebasse : MINGUS
moi-même au saxophone : SANDERS
voix de MAKEBA en sursis
de me trémousser de l'aube à l'aube
et de fredonner pour ma mère MA'NANGA
et les étoiles
l'Indépendance cha-cha

KASALA POUR MOI-MÊME — II

Mwanza Mbala
Mwanza Nkangi
serpent mâle
serpent femelle
radié du Ciel du Sommet
pour nonchalance, doublée d'insolence
je suis devenu par le grand hasard
Mwanza Nkongolu, l'Arc-en-ciel
qui coupe le ciel en deux poires
qui arrête la pluie
et sa mégestion

8

KASALA POUR MON KAKU — I

mon arrière-grand-père, Kaku,
comme on le désignait affectueusement
avait longtemps vécu
il avait 105 ans ; 120, 134, 142, 157, 169, 186, 192
peut-être même deux siècles
mon Kaku était tellement vieillot
à telle enseigne qu'il avait cessé de compter son âge
il ne se rappelait même plus dans quel siècle il était né

mon Kaku avait l'âge du soleil
mon Kaku avait l'âge du déluge
mon Kaku, oui, mon Kaku avait l'âge du fleuve
Zambèze
mon Kaku avait l'âge du Mississippi
mon Kaku avait l'âge du Danube
mon Kaku avait l'âge du chemin de fer
Lubumbashi-Ilebo
mon Kaku avait l'âge de la Nouvelle-Guinée
mon Kaku avait l'âge de la Nouvelle-Guinée
mon Kaku avait l'âge de la Nouvelle-Guinée
mon Kaku avait l'âge de la Nouvelle-Guinée
mon Kaku avait l'âge de la Nouvelle-Guinée

plusieurs fois, mon Kaku souhaita crever,
mais la mort le boycotta
chaque matin, on le déposait sur une chaise à bascule
dans la véranda, face au soleil
on le ravitaillait en nourriture à midi
au crépuscule, mon Kaku tournait encore
ses mâchoires
puis, on l'installait dans sa chambre

le corps, son corps, le corps de Kaku
ne fonctionnait plus
à force de vieillesse, il avait perdu de sa mobilité
seules sa voix et sa mémoire demeuraient intactes
Kaku parlait sans frein
Kaku racontait sa petite enfance à Dimbelenge
Kaku pérorait sur sa jeunesse mouvementée
Kaku s'étendait longuement sur sa vie dans les
mines de Bakwanga et du Katanga ; Kaku, de sa
verve légendaire, retraçait l'exode familial, égrenait
la généalogie de Mwanza-wa-Mwanza, rappelait à la
mémoire le Zaïre, s'attardait sur la première guerre
du Shaba, évoquait Lumumba, le massacre des
creuseurs de Katakelayi, les barbouzes de la Deuxième
République…

blotti dans son rocking-chair
une barbe-océan lui dévorant son menton
mon Kaku devenait même prophète
il prédisait des Républiques à venir, des étoiles
incandescentes, des chemins de fer reliant tout le pays,
des villes enivrées de lumière, des populations ébahies
avec la même verve, le même engouement, la même
bave, mon Kaku parlait, mon Kaku parlait,
mon Kaku parlait…

(rires)
quelle nostalgie, quelle mélancolie, quelle solitude,
quelle angoisse
nous, scolopendres, on est en train de lutter
contre cette vie de chien
Kaku, là-haut
entre ciel et terre

se marre de nous autres
Kaku
Kaku
Kaku
Kaku
Kaku

KASALA POUR MON KAKU — II

Mvidi Mukulu, l'Esprit-Aîné, avait puni mon Kaku
d'une longévité absurde
Kaku vieillissait, pourrissait,
mais ne trépassait pas pour autant
il se targuait d'être né en 1667, en 1756 ou 1786
une fois, il mourut même pendant trente minutes
et ressuscita comme si de rien n'était

protestataire de la première pluie, beau gosse
du haut de ses trois siècles d'âge
mon Kaku avait le sang frais d'un jeunot

VERTUS

retenue —
psychopathes de la première pluie
nous avons attrapé le soleil par le cou
l'avons enfoncé dans le fleuve
jusqu'à son étranglement par les eaux
quel coup n'avions-nous pas fomenté ?
nous finirons la bouche déglinguée,
le ventre constipé
et tout le corps frappé de bilharziose
si nous persévérons à nous imbiber
de la même soupe
il faudrait nous démembrer de nous-mêmes
en finir avec cette vie de débauche

tolérance —
nous avions été maladroits dans tous les sens
du terme
éternels fils-à-papa et mégalos à souhait
beaux parleurs, impudiques à tout bout de champ
nous avions dansé nus en plein midi
exhibé le sexe tel un butin de guerre
crachotant sur les passants la morve et la salive
dégueulasses, nerveux par surcroît
nous ne sommes pas arrêtés en si bon chemin
nous avons brûlé le soleil
l'unique planche de salut : l'abstention !

joie —
je sortirai ma tête, un soir, de ces longues années
de léprosité
je me coulerai un bain bien chaud, m'y glisserai

pendant des heures
j'enfilerai, par la suite, ma plus belle chemise
me ruerai, ce soir-là, danser la rumba
jusqu'à l'exaspération de mes muscles
je danserai pour les enfants gesticulant
dans les mines à diamants
j'exécuterai le flamenco
et la pachanga en sursis, pour la Syrie,
la Somalie, l'Irak
associant mes trémolos aux coassements
de cymbales, de sax et de clarinette basse
la joie en guise de délinquance

conscience —
si la terre nous boycotte encore longtemps
si la terre nous casse les pattes
si la terre nous bazarde à prix d'arachide
si elle nous empêche de nous saouler
au jus de bissap
si la terre nous pisse dessus
nous inventerons une nouvelle planète
dans un élan de folie, de mauvaise foi et même
de désespérance
nous renommerons les choses
déjà, nous remplacerons les étoiles par les ampoules
et mettrons les fleuves, la pluie et la fièvre typhoïde
aux enchères

compassion —
nous autres peinards, cinglés, hilares
écervelés par les joints et la bière sale
se trémoussant, ragaillardis par la cuite
nous continuons de la plus belle manière

la danse du bas-ventre
et Mvidi Mukulu, l'Esprit-Aîné
de son trône se marre de nous autres
il s'énerve, mais sourit de compassion
promet la foudre et l'inondation
apprête l'épidémie par les mouches
ou annonce le séisme
se ressaisit en dernière minute

tendresse —
nous traînons la même odeur de jasmin
nous sommes pétris de la même chair
nous engrenons les mêmes rêves ébruités
(par l'alcool, le temps et la lointaine « saudade »)
et dire que la couleur de ma carcasse commerce
avec la nuit
je suis de l'Afrique profonde, tu es l'Europe
des vents pluvieux, des hivers doux…
entre nous le désert, qu'importe, je suis toi,
tu es moi, en vert
nous sommes des anges bannis du ciel,
des anges privés de bon Dieu
des anges-sans-domicile-fixe,
des morceaux innommables
bravant le soleil et la fin du monde

courage —
depuis des années déjà, on rêve du soleil
non pas ce brasier qui nous incendie
calcine le visage, les mains, le ventre et les pieds
au contraire un brin de chaleur fraternel
désengorgeant de la nostalgie et du concerto
des crapauds

devrions-nous déjà apprêter l'oraison funèbre
le suicide partiel ou collectif n'aura pas lieu
nous prendrons le monde à bras-le-corps
jusqu'à ce que la névrose s'ensuive
nous tiendrons la dragée haute

acceptation —
nous patoisons dans la même langue
mais nous peinons à nous comprendre
les mots ont perdu l'épaisseur de jadis
ils puent la morve, le vomi, la pisse
la beuverie en guise de sauvetage a produit
l'effet inverse
le rire mécanique n'est qu'une grimace
implorer la miséricorde de Mvidi Mukulu,
l'Esprit-Aîné
ou dans le tas, fabriquer une langue de substitution ?
nous sommes comptables de notre propre chute
ne reste qu'à assumer la faute de nos pères

AUTOPORTRAIT

ce corps que vous apercevez
ce corps devant moi
ce corps flasque
ce corps patibulaire
ce corps excrémentiel
ca corps sans cervelle
ce corps frappé de petite vérole
vomi par la mangrove
pourri, grouillant la morve, dégingandé
les cheveux poussant dans la bouche
c'est bien mon corps, ce corps

NORWICH

ses nombreuses églises datant du Moyen Âge
ses pubs à n'en plus finir
on y boit la bière, le vin, l'amour, l'eau, l'espérance
ses petites rues pavées de poésie
son marché aux toits flamboyants
château surplombant la ville
« Castle Meadow », de son nom
et le climat presque tropical
la pluie s'annonçant quand elle veut
une salade ou un bol de soja chez Frank's Bar
afin de morfondre la solitude
ou remonter nonchalamment le Dereham Road
sur une bicyclette empruntée
apportent à mon chagrin
dix-mille ans de soleil

AVANT LE GRAND BANNISSEMENT

les Animaux ne sont devenus des Animaux
tels qu'ils apparaissent aujourd'hui
qu'après leur défenestration du Ciel du Sommet
au commencement, et les Animaux et Bende,
l'Aîné de tous les Hommes
et les Choses habitaient ailleurs
aucun animal ne possédait une queue
aucun animal ne marchait à quatre pattes
aucun animal ne broutait de l'herbe ou de la viande
tous usaient de la Parole
eêtres paradoxaux par excellence
mi-hommes, mi-animaux, et frappés du sceau
de l'immortalité
car nés dans les mêmes conditions
que les Grands Esprits
fabriqués, de ses propres mains,
par Dieu de la Mère Tshiame

quand j’étais enfant
j’arrêtais la pluie
avec une plante sauvage
que je tressais du bas vers le haut
entonnant une mélopée
où il était question d’un grand fleuve
et des jumeaux
(nés à six mois d’intervalle)
mais contraindre le soleil
ça ne m’arrivait jamais
il fallait en plus d’être bourré
courir tout nu pendant des minutes
afin de le stopper net
dans sa nonchalante sidérurgie

GENÈSE

on enfantera, on engendrera des mioches
partout où les herbes poussent
des enfants tellement nombreux
qu'ils en mourront de soif
comme si de rien n'était
on continuera la machinerie
des mioches sortiront le jour et la nuit
jusqu'à remplir la moitié de l'univers
de leurs stridulations et autres coassements

GÉOGRAPHIE IDÉALE DU FLEUVE ZAÏRE

(*itinéraire rêvé : du Katanga à l'océan, puis détour à Uíge et à Ondjiva en Angola, retour au Zaïre et départ précipité à Bobo Dioulaso*)

le fleuve parcourt des milliers de kilomètres
et se déracine dans l'océan
— bravo ! —
mais moi, je ne vois en cela que de la bêtise

on te donne à manger et à picoler
encense de tous les sobriquets, trémousse les hanches et
applaudit des deux mains pour toi
mais toi, à la surprise générale
(puisque ta descente effrénée dans l'océan en est une)
au lieu de faire marche arrière
ou pénétrer en Angola, en ressortir et retraverser
(comme à tes habitudes) le pays en direction de
Douala ou du KwaZulu-Natal
tu te défenestres dans l'océan sans même payer
la quittance et le loyer
de quoi donner le vertige aux nombreux Zaïrois
et Zaïroises

CHANT DE LA MINE — II

si nous trépassons
nos mères vont accoucher
d'autres enfants
plus beaux que nous
s'ils crèvent, à leur tour
— dans un éboulement ou de carie dentaire —
nos mères vont accoucher
d'autres mioches
plus impolis et déjantés que nous
si eux aussi se cassent les dents
nos mères vont encore accoucher
de milliers de gosses
qui continueront la besogne
nos mères accoucheront
nos mères accoucheront
des mômes pour la mine

AUTOPORTRAIT — II

Dieu de la mère Tshiame !
dites-moi si celui qui parle en moi
c'est bien moi,
— Mwanza wa Mwanza —
ou ma grand-mère

de toute façon, j'ai toujours été ma grand-mère
comment ne puis-je pas l'avoir été
avec ma tête de Mangbetu ?
il n'y a pas à ingurgiter le jus de djudju
à écumer les nuits de Ngandajika ou à siffler la colle
CIRCULEZ
Julienne Mwa Mwanza c'est bien moi

nous avons demandé à l'Esprit-Aîné
de nous punir, de nous suicider, de nous assassiner
dans le sommeil
de nous frapper de l'épilepsie ou même de petite vérole
il n'a pas répondu
alors nous avons pris son silence
pour un front
nous l'avons exhorté
(sans mâcher les mots)
à servir du gaz lacrymogène ou de la bombe atomique
à nous déverser dans les eaux
et à abandonner dans la foulée
nos squelettes
nos crânes en premier
à la merci des sirènes
et autres animaux aquatiques
il n'a rien dit

deux mois plus tard
il a sorti l'artillerie lourde
nous sous sommes surpris
chacun dans son coin
les mâchoires fracassées
des selles dans le froc
alors les plus peureux, les larbins de naissance, les
mouchards, filles et garçons de course, maquereaux
déchus, putes du dimanche, creuseurs, vendeurs à la
criée de souliers de seconde main
ont commencé à gesticuler
de tous leurs membres — défaits

à crier dans des langues anonymes
des salamalecs et autres niaiseries
en guise d'excuse

Mvidi Mukulu wa Tshiame
— Dieu de la Mère Tshiame —
j'ai été merveilleux dans la bêtise
j'ai envoyé la foudre pour des chichis
j'ai dansé nu en plein soleil
j'ai traité Mikombe de Kalewa
de tous les noms d'animaux
voilà que je chope la migraine
déjà, je n'ai pas de sœur jumelle
pour faire porter le chapeau à quelqu'un
ou prétendre à une quelconque Seigneurie
devrais-je rentrer au pays
prier ma tante, Ntumba Annie
de me laver, de la tête aux pieds
ou traquer les diamants avec Tshimbalanga
l'avant-cadet de mes oncles

LA JOIE

dans son bar
mon grand-père trône au comptoir
il est heureux
comme le soleil

ANNA

Netrebko, on a encore soif de ta voix
on ne dort pas, on ne mange pas
on ne se douche même pas
chante-nous un morceau
nous t'offrirons un bout de fleuve
des fruits et des légumes

cette impression d'être né
à Sarajevo m'habite
chaque fois que je pense à l'Europe
hasard ou rêve à deux balles

MES AMOURS

j'ai trois animaux de compagnie
le Zambèze, le Danube, le fleuve Zaïre

j'ai envie d'écrire un poème
de la même manière que je voudrais changer de tête
insulter les étoiles
marcher, un bateau sur la tête
déambuler dans les rues de St. Louis
— à la recherche de M. Akinmusire et de sa
trompette —
pour tondre ma barbe avec une scie à métaux
pisser aux arbres
danser la polka
ingurgiter un fleuve
incendier le soleil
ouvrir une cathédrale
et y vendre des fruits à pépin

WALTZ FOR LUMUMBA

(*poème inspiré par la chanson éponyme*)

Lumumba mange la pomme
Lumumba danse la salsa
Lumumba fait du ski
Lumumba en tenue d'astronaute
Lumumba joue au saxophone
Lumumba conduit sa bagnole
Lumumba fête son anniversaire
Lumumba adore le reggae
Lumumba boit sa bière
Lumumba en costume cravate
Lumumba dans un aéroport
Lumumba rit comme jamais
Lumumba avec une coiffure afro
Lumumba et ses dreads
Lumumba punk !
Rock'n'Roll
Lumumba à Accra
Lumumba à Bruxelles
Lumumba fait son discours
Lumumba est coffré
Lumumba meurt
Lumumba se démultiplie
Lumumba à la télé
Lumumba à la radio
Lumumba à Uíge
Lumumba à Moscou
Lumumba traverse le fleuve
Lumumba prend le métro
Lumumba en brousse
Lumumba, Lumumba, Lumumba, Lumumba,
Lumumba, Lumumba, Lumumba, Lumumba,
Lumumba, Lumumba

GÉNÉALOGIE

un homme et une femme
se rencontrent au bord d'un ruisseau
le coup de foudre est immédiat
ils regagnent le village
bras dessus, bras dessous
s'accouplent toute la nuit
l'homme s'en va chercher à picoler
la femme vaque à ses occupations
ils se retrouvent la nuit
pour une autre partie de jambes en l'air
jusqu'au petit matin
des mois passent
les saisons se succèdent
ils accouchent de nombreux enfants
chacun de ces enfants
rencontre une fille ou un garçon
ils font la bête à deux dos
et la progéniture s'étend
l'un de ces enfants
trouve sur son chemin une fille
ils accouchent d'un garçon
ce garçon et une autre fille enfantent une fille
cette fille et un autre garçon enfantent un garçon
ce garçon et une autre fille enfantent une fille
cette fille et un autre garçon accouchent d'un garçon
ce garçon rencontre une fille, ils enfantent une fille
cette fille et un garçon enfantent un garçon
ce garçon et une fille enfantent un garçon
les naissances se suivent
se développent, partent vers le centre du pays
jusqu'en Tanzanie et en Angola — à Uíge

au hasard des trains
parmi ceux qui reviennent
une fille connaît un garçon
dans la foulée, ils accouchent d'une fille
cette fille et un garçon accouchent d'une fille
cette dernière et un autre garçon accouchent
de jumeaux
l'un des jumeaux décède en bas âge
son frère, comme pour se venger,
accouche de plusieurs jumeaux
(qui s'éparpillent à travers le pays)
parmi lesquels un garçon qui rencontre une fille
et ces deux jeunes gens accouchent d'un garçon
le garçon et la fille accouchent d'une fille
la fille et un garçon accouchent de plusieurs enfants
parmi lesquels un nommé Mwanza Mujila Bisonsa
ce dernier ne tient pas en place
il se découvre le talent de commerçant
il parcourt des kilomètres pour une contrée lointaine
appelée Bukama
il achète du poisson et de la viande qu'il retourne
revendre dans son village
un beau matin, il rencontre une jeune femme, Mpinda
ils accouchent de plusieurs enfants
dont un certain Mwamba Kabuya
Mwamba Kabuya rencontre Odia Julienne
— plus tard, sans doute à cause de sa rigueur,
Julienne Mwa Mwanza
ils accouchent de plusieurs enfants
dont Mwanza Mujila
Mwanza Mujila rencontre Nanga Musadi
Ou Nanga Musadi rencontre Mwanza Mujila,
c'est selon

ils donnent naissance à huit enfants
dont Mwanza Mujila Fiston
en vérité, Mwanza wa Mwanza Mujila
— le prénom ne comptant que pour du beurre

VILLE INTÉRIEURE

ne dites pas que j'ai perdu la cabeza
ce n'est pas de ma faute
c'est la faute à la ville
qui grouille dans mon ventre
(et me fout l'épilepsie)
à chaque fois que je l'évoque
… ma ville à moi est une ville illégale, une ville de
contrebande, une ville proscrite, un gros bidonville,
délabré et droit dans ses bottes
on y accueille tout le monde
sans exiger le moindre visa ou la carte de vaccination
et on envoie chier, dans ma ville, les racistes, les
xénophobes et autres égorgeurs de la pleine lune
ils n'ont qu'à aller se défenestrer dans l'océan s'ils n'ont
pas le cœur à supporter nos rires et nos odeurs, nos
fêtes et nos envies de liberté, de be-bop et de rumba
un monde sans lucarnes est une utopie dévastatrice
et on sait où mènent les utopies quand elles renflouent
l'hérésie et la supercherie de la dernière heure
ne dites surtout pas que j'ai perdu la cabeza
ma ville à moi est une ville heureuse
ma ville à moi est une ville cosmopolite
ma ville à moi est à la croisée des civilisations
ma ville à moi se situe entre l'Orient et l'Occident
l'Afrique tropicale et l'Europe centrale
l'Amérique latine et le Soudan du Sud
la Bolivie et l'Afghanistan
des longues routes relient tous les quartiers dans la ville
la ville à moi
(por favor)
ne dites pas que j'ai perdu la cabeza
ne le dites pas, même à Mvidi Mukulu, l'Esprit-Aîné

… ma ville à moi est la ville la plus peuplée au monde
mais aussi la plus charnelle et la plus fraternelle
les gens dressent la table et mangent dehors
en plein soleil
ils ont le rire jusqu'au cou
dans ma ville, les portes des appartements et les
fenêtres restent ouvertes toute l'année aux voyageurs,
passants et visiteurs de circonstance
les saisons se coagulent en un fou désir de rédemption
été humide, hiver doux
ne dites pas que j'ai perdu la cabeza
ma ville à moi est une ville portuaire
elle a les pieds et les cheveux trempés dans l'eau
des milliers d'embarcations accostent de partout
dans ma ville, avec du sel, de la soie, des pommes,
des cerises, des tapis, du rhum, du jus de djudju, des
coquilles, de l'alcool de riz, mais aussi des hommes
aux multiples traits, divers gabarits s'exprimant dans
plusieurs langues inconnues d'eux-mêmes…
sur chacun de leurs visages se lisent des généalogies
des années de migration et de transhumance
ne dites pas que j'ai perdu la cabeza
ou que c'est la carie dentaire qui déclenche le bagou
ma ville à moi, la ville de Mwanza Mujila
est un conglomérat des rêves
et certains de ces rêves sont verts, somptueux et
tonitruants
ma ville à moi est une véranda, un énorme bazar, une
foire, un jukebox déconcertant, un bar à ciel ouvert,
un bordel merveilleux
on y joue et swingue toutes sortes de danse et
musique : le tango, la polka piquée, le condomblé, la
valse, la samba, le kizomba et (surtout) le jazz

et quand vous empruntez les venelles de ma ville, de
ma ville à moi, si vous n'entendez pas la contrebasse
de Mingus, la trompette de Mongezi Feza, la batterie
de Max Roach, le sax de Dudu Pukwana, le piano de
Duke Ellington, ce sont les trémolos de Bessie Smith
qui palpitent dans vos oreilles
une voix fiévreuse chantant a capella l'amour fou
entre l'angélus et l'appel à la prière du muezzin
chut, ne dites pas que j'ai perdu la cabeza
ma ville à moi est traversée par trois fleuves émancipés:
le Yang-Tsé-Kiang, le Danube et le Limpompo
ma ville à moi sent les jonquilles, les arômes et les
épices de Zanzibar
ma ville à moi est une ville d'espérance
ma ville à moi n'est pas une citadelle
ma ville à moi n'est pas un bagne
ma ville à moi commence à Graz
et s'achève à Port Elisabeth
en passant par Caracas, Nagoya, Thessalonique,
Odessa et Seattle
dans ma ville à moi, je ne suis pas un gars du Congo
ou du Zimbabwe
dans ma ville à moi, je ne suis pas un homme,
je ne suis pas une femme
dans ma ville à moi, je ne suis pas un black,
je ne suis pas un étranger
dans ma ville à moi, je ne suis pas un black,
je ne suis pas un blanc
dans ma ville à moi, je ne suis pas un black
dans ma ville à moi, je ne suis pas un black
dans ma ville à moi, je ne suis pas un black
dans ma ville à moi, je suis juste le petit-fils
de ma grand-mère paternelle, Julienne Mwa Mwanza

BAZAR DE PANDÉMONIUM
(*pour un joueur de trompette*)

nous sommes des dizaines
des centaines et peut-être même des millions à porter
ces noms
les mêmes prothèses depuis l'âge de la pierre taillée
les mêmes bricoles quasi imprononçables
les mêmes syllabes au goût de citron
ils renvoient, ces noms, aux régions lointaines
géographies disloquées
dans les méandres de la mémoire collective

des noms qui
— à l'instar d'une croix sur une tombe perdue —
évoquent des bourgades vaccinées au rythme loufoque
de soixante-deux bombes par jour
bourgades aux immeubles estropiés
bourgades ébruitées dans l'œuf
bourgades affamées
bourgades frappées de choléra
et réduites (sans sommation) au silence de cimetière!
bourgades aux rêves rabougris, exsangues
et sevrées de paradis
bourgade défigurées
bourgades défoncées
bourgades fantomatiques
sans électricité ni eau courante
privées de bon Dieu et à la merci des djihadistes
et autres combattants écervelés
sans foi ni loi, n'ayant pour toute obsession
que de casser les gencives à la vie

nous sommes nombreux dans ce spectacle pathétique
des dizaines, des centaines ou des millions à arborer
les mêmes destins
(certains parmi nous se livrant à cet exercice macabre
depuis la naissance psychédélique de ce bas-monde)
à vaincre la trouille et tenter fébrilement
et par tous les recours
— quitte à y laisser son déchet de cadavre —
d'escalader la mer Égée ou l'autre, appelée
Méditerranée
à rêver de passer par la Turquie, la Hongrie, la Slovénie
ou la Sibérie
dans l'espoir de gagner la France ou la capitale suédoise
ne sachant même pas où nos jambes nous conduisent
l'essentiel étant d'accoster

nous sommes des centaines
la peur au ventre
corps mécaniques
moisis de fond en comble
vêtus de rien et emportant dans cette procession
interminable
ce qui subsiste encore du pays natal : la chanson du
perroquet, la danse du soir, le sourire, l'odeur du thé,
le visage d'une mère, l'absence d'un frère…
nous sommes des centaines devant la porte
nous cognons et cognerons jusqu'à ce que nos voix
vous parviennent
et dire que nous attendons depuis le chant du coq
que telle ou telle autre ville rehausse d'un geste amical

des millions, nous sommes stationnés en Grèce,
parqués en Libye ou freinés en Turquie

arborant les mêmes bricoles au goût de goyave
les yeux dans les étoiles
épris de l'espérance
décidés à survivre
bravant la fatigue et bravant les maladies et bravant la
soif et bravant le froid hivernal, la tempête, les gardes-
chiourmes, l'anarchie et bravant le soleil
jusqu'à ne plus sentir ses mains, à perdre l'usage
du sexe, des yeux, de la parole, du nez
et de la jambe gauche
à développer des hallucinations, à fantasmer
d'un monde sans kalachnikov, à formuler
très haut les rêves
pour qu'en se démultipliant, ils restituent aux êtres
et aux choses la dignité

à force de marcher à travers la pluie et le soleil
la neige et la gadoue
la solitude et l'espérance
nous attrapons le vertige
et par voie de conséquence, nous perdons le rapport
aux machines et à nous-mêmes
nous ne savons plus qui nous sommes
de quelle viande nous sommes pétris
ou de quel arbre généalogique nous descendons
bref, ce que furent nos mœurs et si nous avons
toujours été des hommes

la terre ne tourne plus autour du Soleil
elle se bloque ou se débranche, c'est selon
et l'espace d'hier se lézardant nous condamne à l'exil
sans retour

si par inadvertance, nous réalisons que nous vivons
dans une utopie sévère
presque cérébrale
nous ne savons pas par contre comment exhumer la
caboche de l'eau
puisqu'il faudrait peut-être une métaphore maritime
afin de donner une anatomie correcte à ce désarroi
disons ceci : nous sommes des figurines au beau milieu
 d'une mer agitée
redisons ceci : l'eau nous pénètre par la bouche,
les oreilles et les narines
redisons ceci : le naufrage est manifestement grand

ainsi les chiens rejoignent le concerto
à chaque fois que nous hurlons dans la nuit
mais rien de consommable ne prend vie
de cette cacophonie érigée en mode de gouvernance
tout se disloque
dans un élan dévastateur et nous, encore des millions,
sommes en train de chercher
où placer les derniers mots dans ce bazar de
pandémonium qu'est le monde

LA LEÇON DE CILUBA

(*pour Kalaf Epalanga*)

le soleil = diba
la pluie = nvula
la lune = mutotu
le ciel = diulu
la terre = buloba
l'arbre = mutshi
la nourriture = biakudia
le village = musoku
la maison = nzubu
la parole= diyi
le cœur = moyi
le fleuve = musulu
l'oncle = tatu mwakunyi
la vie = nsombelu
l'exil = tshimwanyi
le train = kawulu
la chèvre = mbuji
la naissance = diledibwa
le voyage = luendu
la chanson = musambu
l'arc-en-ciel = Mwanza Nkongolu

AMNÉSIE

(*pour Noralyne Maranus*)

Nous parlons et écrivons
dans des langues venues en train et par bateau
des langues importées, manufacturées
inconnues des ancêtres
Julienne Mwa Mwanza, la grand-mère patrilinéaire,
fredonnait-elle en flamand ?
Kaku, l'arrière-grand-père, maugréait-il en français ?
Plus proche de nous, Tshimbalanga, l'avant-cadet des
oncles, perdu dans les mines diamantifères, négociait-il
ses pierres en allemand ?
... alors que les Anciens déclaraient
(sans mâcher les mots)
que l'Esprit-Aîné créa la saison sèche, la pluie, le village
des bananes et les hommes
bien longtemps après les animaux et que ces derniers
riaient aux éclats,
marchaient à deux pattes et parlaient couramment,
mais quelle langue ?
l'espagnol ?

LES MULTIPLES PETITS SECRETS DE LA PROCRÉATION

perte d'esprit ?
certainement pas !
selon les disparus, les aînés et les ancêtres
ceux qui sont nés avant la pleine lune
ceux qui reçoivent des révélations
sans tomber dans la débauche
(ou subir l'insomnie des derniers jours)
les choses s'expriment dans un langage luxuriant
elles possèdent toutes un âge, une bouche et un sexe

la pluie = féminin
les pierres = masculin
les herbes = féminin
le feu = masculin
l'eau = féminin
les ténèbres = masculin
les étoiles = féminin
les oiseaux = masculin
les animaux aquatiques = féminin
les animaux terrestres = masculin
les hommes (pendant la saison des pluies) = feminin l'arc-en-ciel =
féminin et masculin
car la fusion de deux serpents
la femelle et le mâle

LA LEÇON DE CILUBA 2

un = umua
deux = ibidi
trois = isatu
quatre = inayi
cinq = itanu
six = isambombo
sept = muanda mutekete
huit = muanda mukulu
neuf = tshitema

NOMS DU VENTRE

Mwanza Tshimankinda Mukole
Kamunga wa Kamunga
Kamunga wa Mwanza
Mwanza Mujila Bisonsa
Mwamba Kabuya (Athanase)
Mwanza Mujila (Pierre)
Mwanza Mujila

ABATTOIR DES RÊVES OU LA FAUTE À BENDE, L'AÎNÉ DES HOMMES

KASALA 78
la mascarade
ou le concerto putride
des carnassiers
des charognards
des égorgeurs
de la première pluie
avides de sang et de sperme
s'éternise

KASALA 22
des rêves écrasés dans l'œuf ?

KASALA 28
la mascarade
des carnassiers
nous explose à la figure
la mascarade
des contrebandiers
provoque la banqueroute
dans l'engrenage débile
de ce beau monde cassé

KASALA 11
pendant que la mémoire
ne nous joue pas encore des tours de passe-passe
nous faudrait-t-il verser un peu d'alcool
dans le jus de djudju
ou dénommer toute la généalogie
ébruitée à balle réelle ?

KASALA 12
les creuseurs de Katekelayi
fauchés en plein soleil
pour avoir commis un seul crime
traquer la pierre
dans leur propre pays
vadrouillent dans les rues du Grand Kasaï

KASALA 8
vingt soleils ne suffisent pas
la nuit continue sa folle farandole

KASALA 33
le fleuve Congo est rempli jusqu'au goulot
des cadavres et autres suicidés

KASALA 81
devrions-nous mettre tout le bazar sur le dos de Bende
le premier Homme ?
s'il avait su ce qu'adviendrait de ses manigances
aurait-il eu le culot de toiser Mvidi Mukulu,
l'Esprit-Aîné ?

KASALA 29
Patrice Émery Lumumba
Rossy Mukendi Tshimanga
Floribert Chebeya
Fidèle Bazana
Thérèse Kapangala
la liste des suicidés
est aussi longue que le Mississippi

KASAKA 44
dans la nuit
résonnent encore les rires
que déploient les enfants de Katekelayi
l'haleine
la respiration saccadée
les voix brûlantes
dans une cacophonie cérébrale
se mélangeant aux vociférations
d'autres trépassés de la pleine lune

KASALA 15
à cause d'un seul homme : Bende
voilà l'univers en délire

KASALA 85
les fosses communes de Maluku
quelle merveilleuse histoire !
des trous bourrés de viande
une puanteur séculaire

KASALA 64
l'Afrique centrale est une boucherie

KASALA 86
dans les mines de Shinkolobwe
les mômes, avec leur visage raté
bedaine proéminente suite aux microbes
piochent, la rougeole chevillée au corps
ils puent l'excrément et le mazout
les dents sales, jaunies, bancales
déchirent la moquette, raclent le plancher
sans avoir à craindre l'enlisement

KASALA 73
nous avions le soleil dans la bouche

KASALA 25
et la malédiction de Bende nous colle à la peau

KASALA 68
que croyait, Bende
en tirant maladroitement les ficelles
que Mvidi reprendrait la création ?
un second engendrement
pour satisfaire l'ego surdimensionné de la créature
une farce qui ne dit pas son nom

KASALA 51
en guise d'avertissement
à force de choper l'épilepsie
de ces nuits sclérosées
privées de bon Dieu
sevrées de lait maternel
frappées de scorbut
infestées de moustiques
et autres cancrelats
nous sommes devenus un peuple nomade
sans tête, ni colonne vertébrale
éparpillés dans la brousse
noceurs à Hong Kong
soiffards à Moscou
danseurs de bar à Malaga
vigiles à Prague
garçons de course à Casablanca
laveurs de bagnole à Brazza

KASALA 1
les trains charrient encore
des mioches et des minerais
dans le Katanga profond

KASALA 38
tout commença à Nsanga-a-Lubangu
départ de mon Kaku et les siens
suivi d'autres migrations
puis, retour dans le Katanga pour la mine
puis exode dans la précipitation
le squelette en compote

KASALA 67
les faux doubles
assimilés aux égorgeurs de la pleine lune
ne pensent qu'à foutre le pogrome
sans cela, et la mascarade qui en dégouline
ils sombrent dans la nervosité
cassent tout ce qui leur tombe sous la main

KASALA 4
à Beni, les carnassiers ne débandent pas
ils exécutent avec dévotion
une partouze excrémentielle

KASALA 63
l'Afrique centrale et son domaine de prédilection
les fosses communes
elle ne se lasse pas d'en creuser
à cette allure, elle risque d'engloutir tous ses mioches
la moitié tient déjà à peine debout

KASALA 56
dans quel cabinet de curiosités
moisissent les amulettes de mon Kaku ?

KASALA 42
puisque nous y sommes
les dents de Lumumba

KASALA 53
moi, Mukalenga Mwanza
Mwanza Mujila Tshimankinda
Mwanza Nkongolu
Mwanza wa Tshibamba Kanyinda
Mwanza wa Mwanza
je partagerai l'océan
à celui qui me ramènera
bras et jambes liés
un de ces barbouzes-en-cravate

KASALA 14
quels sont les ragots
en lien avec la progéniture de Kalambayi ?
qui sait dans quelle bourgade squattent
les rejetons de Mukendi ?
Kanjinga wa Mukendi
Mulumba wa Mukendi
Ntumba wa Mukendi
Kongolo wa Mukendi

KASALA 2
et dire que même la mort
ne facilite plus le retour à Mwene-Ditu

KASALA 3
déjà, la terre nourricière
n'est plus ce qu'elle était
du temps de Tshimbalanga et de Mujinga
de Kabwanga et de Mukengeshayi Alphonse
de Mulanga Judith et de Mbombo Antoinette
la terre de Baloji Kabambi
n'est plus que l'ombre d'elle-même
un sarcophage vide
elle crache du sang
sa panse rechigne avec les diamants
les ronces se démultiplient
les arbres s'effilochent
les rivières s'engluent
pire, les eaux du lac Munkamba
pourtant notre unique planche de salut
ne parviennent plus
à nous lessiver de la souillure
elles sentent le roussi
les eaux du lac

KASALA 52
en désespoir de cause
nous écarquillons la mâchoire
nos lamentations à Mvidi Mukulu
s'estompent dans le ciel
nous implorons Mvidi Mukulu
à ne plus nous suicider dans le sommeil
nous implorons Mvidi Mukulu
à ne plus déclencher la diarrhée
nous implorons Mvidi Mukulu
à ne pas plus déverrouiller
la disette et ses consœurs :

la nausée, la folie,
la perte de mémoire, la maladie du sommeil,
la bilharziose, la typhoïde, la rougeole
Mvidi, à ne plus nous réduire à la mendicité
Mvidi, à ne plus nous condamner à l'exil
l'errance par procuration
la transhumance inutile
la mort par asphyxie
Mvidi, à ne plus nous abandonner
au beau milieu de la débâcle
sans victuailles, ni animaux de compagnie
à la merci des égorgeurs de la pleine lune
Mvidi Mukulu, nous implorons, Mvidi Mukulu
à ajourner la foudre
à ajourner la tuberculose
à ajourner la canicule
à ajourner le déluge
à surseoir, en définitive, au paludisme

KASALA 45
nous voilà
et nous voici, baveux
au chapitre de la désespérance
pithécanthropes
damnés de la terre
ventre bedonnant
corps en lambeaux
corps éreintés
par l'exil primordial
avachis, corps transmutés
d'une région à une autre
au gré de la fringale
des mines

des guerres de libération
et toujours
le scorbut

KASALA 71
à qui la responsabilité
à nous ou à Mvidi ?
à nous et aux Animaux Célestes ?
à nous ou à Bende ?
nous avions été les premiers
à inaugurer le bal de l'insouciance
nous avions été les forgerons
de notre propre malédiction
les artisans assidus
de la défection
nous payons les pots cassés
d'une hérésie collective
et accessoirement superfétatoire
d'abord, nous avions traité Mvidi
de tous les noms d'oiseaux
ensuite nous nous étions abstenus de la prière
boycottant par-devers la cérémonie du kutshipulula
nous ne nous étions pas arrêtés pas en si bon chemin
nous avions honni les Anciens
d'un même élan
nous avions démoli à coup de marteau
ce que le Kaku avait échafaudé
à la sueur de son front
comme si cela ne suffisait pas
nous avions perdu le contrôle
nous avions dansé dans le plus simple appareil
nous avions arpenté le bitume
nous avions proféré des sarcasmes, des miasmes,

des invectives
nous avions exhibé l'opulence mal acquise
dans le chaos généralisé
et incontrôlable
étourdis à coup de bouteilles de djudju
et de breuvages de même nature
nous avions abandonné la terre
à son propre et minable sort
exil à St. Louis
errance à Moscou
exode à Baltimore
bannissement à Prague
comme Mansemba, trente années auparavant

KASALA 40
en attendant que Mvidi
veuille bien nous réhabiliter
surseoir à la foudre et au feu
appesantir la furie des Bakishi
il ne nous reste qu'à forcer la main à Mvidi
supplier Mvidi
implorer Mvidi
de nous extirper
de ce supplice infernal
il ne nous reste qu'à marchander
avec les Esprits Cadets
eux qui côtoyaient Mvidi
avant même l'âge de la pierre taillée

KASALA 31
les années ont pulvérisé la mémoire
elles l'ont rendue cocasse et poussiéreuse
qui se souvient de Mujinga wa Tshimankinda ?

de Tshisungu Mutamba
ou même de Lwamba François
fils du regretté Lwamba Jonas et de Ntumba Bernadette
Lwamba, le géant
Lwamba, mangeur de chenilles
Lwamba, aux mains ankylosées par la pioche
Lwamba, plus agile que la gazelle
Lwamba, plus robuste qu'un rhinocéros de marigot
Lwamba, à la voix de rogomme
Lwamba, le premier qui quitta Mbuji-Mayi
(l'eau de la chèvre ou la chèvre de l'eau)
grimpa dans la première locomotive
à la recherche d'une énième corvée
dans les terrils du Katanga
du haut de ses dix-huit ans
Lwamba qui pérégrina dans toute la Colonie
Lwamba qui séjourna pendant deux mois à Stanleyville
Lwamba qui fit la pluie et le beau temps à Banningville
Lwamba et ses interminables séjours à Thysville
Lwamba, le pèlerin
Lwamba, l'explorateur
Lwamba, le découvreur de l'arrière-pays
Lwamba et ses pieds dévalant sans choper la crampe
Lwamba envoyant le monde à la balançoire
Lwamba poussant la logique jusqu'au bout
Lwamba vouant aux gémonies les bigots, les gigolos et
leurs neveux
Lwamba valsant sur la rumba dans les bistrots de
Léopoldville
Lwamba qui besogna avec les premiers Blancs du pays
Lwamba, valet de chambre chez les Italiens
Lwamba, chauffeur chez les Belges
Lwamba, jardinier chez les Portugais

Lwamba et ses amis grecs
Lwamba qui soufflait à l'oreille des Américains
Lwamba qui connut la prison coloniale
et les magnifiques geôles de la Deuxième République
Lwamba, encore lui
Lwamba et sa dynastie
Lwamba, shambuyi à trois reprises
première grossesse :
Lwamba et sa femme accouchent de deux filles
deuxième grossesse :
Lwamba et sa femme
accouchent d'une fille et d'un garçon
troisième grossesse :
Lwamba et sa femme
accouchent d'une fille et d'un garçon
Lwamba, le mâle aux 67 petits-fils
Lwamba, l'homme qui vécut jusqu'à sa cent-vint-
deuxième année
Lwamba, le patriarche
Lwamba, et ses bluffs
Lwamba, et ses ragots à dormir debout
Lwamba, qui lisait et écrivait dans la langue des
Européens
euphorie suprême lorsque Lwamba se procura sa
première bécane
toujours lui, Lwamba et sa première guimbarde

KASALA 36
qui se rappelle
de Mulowayi wa Kalala François
l'oncle aux multiples surnoms
l'Ancêtre
la Voix d'or

le Chef
le Guerrier
solitude, quand tu nous mènes par le bout du nez
à l'époque de Mulowayi wa Kalala
descendant de la lignée des Tshisumpa
l'exil n'était qu'un leurre
les carats croissaient
le jour succédait à la nuit
et la nuit s'estompait au profit du soleil
nous possédions une terre
sur laquelle nous nous débrouillions
sans se pisser dans le froc

KASALA 10
Mumbu
Dilenge
Mululu
Kapolowayi
Muabi
Arbres-Esprits
qu'invoquait jadis Tshimbalanga
l'avant-cadet de mes oncles
donnez-nous la force de soumettre le soleil

KASALA 79
les nerfs de Bende lâchent
et nous voilà embarqués dans la gadoue

KASALA 65
une créature supplémentaire
Kongolo Kaa Mukanda qui croyait couper l'herbe
sous les pieds de Mvidi Mukulu
s'est retrouvé dans un quelconque ravin

métamorphosé en serpent, parmi les reptiles
pathétique destin
de celui qui jadis appartenait à la Grande Seigneurie

KASALA 83
sans les malversations de Bende
nous serions peut-être encore au Ciel du Sommet
peinards comme jamais

KASALA 74
le drame de Kongolo Kaa Mukanda est d'avoir été
dès son apparition ni Homme, ni Chose, ni Animal
mais est-ce une raison suffisante pour jalouser les autres
créatures
pour réclamer jusqu'à coasser une beauté factice ?
la suite, on la connaît

KASALA 17
pays de l'excès et de la démesure : les diamants,
le pétrole, la forêt, le fleuve, le cuivre, les fosses
communes

KASALA 87
laissons la créature
dans ses ruminations domestiques

KASALA 88
nous ne nous grouillerons pas tout de même
réveiller Kabambi Baloji Mutambayi Mwena Shabanza,
Mukua Mulumba, par surcroît
au motif que Bende s'est tiré une balle dans la nuque
ou qu'il s'est dévergondé pour la énième fois
dans la même satanée de semaine

KASALA 89
la ville se confère des allures de dortoir public
des mômes exaltés par le diamba et autres
hallucinogènes
écument les rues, égrillards
des cartons en guise des matelas
ils charrient dans les bégonias, ils arborent la même
grimace de pestiféré
que leurs cousins piochant dans les mines de
Shinkolobwe

KASALA 90
biso nionso toza bikelemu ya Nzambe
celui qui fait assaut d'incrédulité
n'a qu'à créer sa propre planète
avec ses putes, ses fleuves, sa pampa, ses immondices,
ses souteneurs, ses fosses communes, ses démons de
midi, ses latrines, sa chienlit et tout le bazar

KASALA 92
mauvais coucheur ?
Bende ingurgite ses vidanges de lutuku
sans éprouver le moindre vertige
le bigot éructe et se pavane dans le tas
il oublie qu'il n'est qu'un pantin
un excrément, sans plus

KASALA 93
nous n'irons pas consulter le Roi des Animaux
sous peine de peupler ses cagibis

KASALA 95
on donnerait à Bende des siècles de repentance

le résultat serait le même
à quelques balbutiements près
la canaillerie légendaire et l'accouchement des mioches

KASALA 69
toutes les fabrications sont des œuvres de consolation
y compris la création de l'Homme
pris de pitié, Mvidi créa les Esprits (hermaphrodites),
les Animaux, l'Homme et les Choses
la suite on la connaît
l'hécatombe

KASALA 91
les fosses communes ont encore de l'avenir
les gugusses somnolent la main à la kalach

KASALA 105
ce serait trop beau que de croire
qu'ils se défenestreraient de leurs finasseries
une sangsue, vous la voyez bouffer la pizza ?
même en rêve !
c'est à prendre l'océan pour le désert de Kalahari

KASALA 5
on peine à désapprendre
les vociférations stridulantes des creuseurs
de Katekelayi

KASALA 76
Mulunda wanyi
tes enfants sont encore en train de creuser des fosses
communes
frappe-nous du déluge ou de n'importe quelle maladie

ventrale
ils creusent depuis vingt ans

KASALA 39
Ntete
Tshiame
Mukulumpe
ancêtres de la première heure
si vous pouviez vous manifester
on s'en sortirait de l'auberge zaïroise

KASALA 82
le cimetière le plus long
entre Lubumbashi et Mbuji Mayi
des milliers de corps ensevelis le long de la voie ferrée
en marge de l'épuration
dans chaque gare, le train stoppait
on sortait les cadavres
et si vous cherchez les sépultures
(si elles sont encore visibles à l'œil nu)
de Kabeya Jean, de Mujinga Marie ou même de Kaniki
Alphonse
prenez le train à partir de Mwene-Ditu ou du Katanga

KASALA 54
les Bakishi m'observent
s'ébaudissent de ma désinvolture
déchantent presque
apprêtent déjà l'épilepsie et la syphilis
se ressaisissent à la dernière seconde

KASALA 49
l'hiver approche à pas de géant
et mon Kaku manque à l'appel

KASALA 58
dans sa chaise à bascule
Kaku, mon arrière-grand-père
se fait encore plus vieux
il a l'âge du fleuve
l'âge du chemin de fer Lubumbashi-Mwene-Ditu

KASALA 59
Kaku ne sait plus bouger de la jambe
seul son museau fonctionne
il rabâche de noms vétustes
les uns après les autres

KASALA 60
Mvidi Mukulu wa Mukulumpe
Mvidi Mukulu wa Bende
Mvidi Mukulu wa Tshiana Tshikulu
Mvidi Mukulu wa Tshilele
Mvidi Mukulu wa Tshiame
ta créature que je suis
possède le crapaud dans la tête
à cause de ses virées dans le jus de djudju

KASALA 84
les Bakishi se navrent encore
de ma carcasse infestée de petite vérole
la faute à Bende ?

KASALA 41
la généalogie de Mwanza Nkongolu
ne s'habitue pas à la pénurie des masques
la faute à Bende ?

KASALA 61
les mioches s'essoufflent dans une mine à cuivre
ils affichent une tête de zombie
la faute à Bende ?

KASALA 94
ba meli, ba tondi, ba buaki ngunda
c'est la tante Konde qui doit se mordre les doigts
les créatures coupent la corde
la faute à Bende ?

KASALA 18
Kaku et moi languissons
on n'avale rien de la soirée
aucune bière, aucun jus de djudju, même le tshibuku
les masques, les masques
la faute à Bende ?

KASALA 46
Kaku commente les événements
il entre aussi en colère
même si l'âge l'empêche de se bagarrer
il maudit les égorgeurs jusqu'à la sixième descendance
se livre à la remontrance collective
la faute à Bende ?

KASALA 34
chaque fois qu'il attrape la carie dentaire

Kaku évoque les dents de Lumumba
la faute à Bende ?

KASALA 55
les creuseurs de Katekelayi espèrent…
une résurrection, la leur
la faute à Bende ?

KASALA 57
les égorgeurs de la pleine lune s'affairent
picolent le dernier calice de sperme
avant de se ruer sur la viande fraîche
la faute à Bende ?

KASALA 47
depuis Nsanga-a-Lubangu
nous courons derrière un pays fictif
la faute à Bende ?

KASALA 70
Mua Ntumba pleure ses jumeaux
Mbuyi et Kabanga, égosillés dans les cachots de l'ANR
la faute à Bende ?

KASALA 26
Mwanza wa Mwanza
attend, lui, les gourmettes de son Kaku
la faute à Bende ?

KASALA 100
à force de trop vouloir la démocratie
on se retrouve avec un pays qui pisse du sang

KASALA 98
des mioches à peine sevrés du lait maternel
se démènent dans le trou
ils sentent encore la chiure
la faute à Bende ?

KASALA 96
au-dessus des trains en partance pour Mbuji Mayi
des mioches, le rire jusqu'au cou
après le terril, vont-ils traquer un quelconque ancêtre
ou invoquer Mvidi wa Kaku, l'Esprit de l'Aïeule
de les désengorger de la malédiction
une fois pour de bon ?

KASALA 101
des mioches ventre plein d'ascaris
creusent à la main
dans les carrières de Fungurumu
la faute à Bende ?

KASALA 97
les masques qui traversent l'océan
valent moins que des breloques
la faute à Bende ?

KASALA 99
les mioches continuent à descendre dans la mine
ils crient haro sur Dieu de la Mère Tshiame
de leur épargner un éboulement
une rougeole supplémentaire
ou la maladie du sommeil

KASALA 107
les mioches qui excavent
ont cette belle gueule de bois
ils se rasent tous le crâne
à l'instar des recrus de l'armée
arborent des godasses de second pied
pour faire élégant dans les mines de Dimbelenge
la faute à Bende

KASALA 108
même le fusil sous la tempe
nous n'irons pas à Prague, à Moscou ou à Kingakati
mais à Tshikapa
exécuter la danse du Tshishimbi
offrir aux ancêtres des « nzolo »

KASALA 106
dans ce pays où les services de renseignements
fonctionnent
mieux que les hôpitaux, les bordels et les crèches
les mioches qui descendent dans le trou
entretiennent encore des rêves
ramasser la pierre qui les défenestrera de la gadoue

KASALA 102
les mioches frappés, de surcroît, de petite vérole
ou est-ce un simple résidu de tuberculose ?

KASALA 23
sans Mvidi Mukulu wa Mukulumpe
nous traînerions encore dans la chiure
corps de matins crasseux
l'herbe dans la bouche

KASALA 7
on ne se défenestrera pas de sitôt
n'en déplaise aux faux doubles

KASALA 32
suis-je à plaindre
à suicider dans le fleuve ?
moi ou la progéniture entière
celle de Kaku, mon arrière-grand-père ?

KASALA 77
et si on troquait les dents de mon Kaku
contre celles de Lumumba ?

KASALA 37
je n'irai pas faire la queue
à cette soupe sanguinolente
si je solde la généalogie
que Mvidi Mukulu wa Mwanza me frappe
d'une maladie vénérienne
l'AVC en sursis
et que les Bakishi me sabotent l'érection
pendant deux siècles et quarante saisons de pluie

KASALA 9
je donnerai ma main à séquestrer
que le soleil
et accessoirement la lune
se lèveront dans ma bouche
dès cet après-midi
n'en déplaise à Bende

KASALA 16
je refuse à m'attabler
avec les égorgeurs
de la première pluie
ils dégagent l'odeur âcre du sang frais

KASALA 19
je choisirai l'exil
plutôt que la cabale
n'en déplaise à Bende

KASALA 20
je refuse avec mon bas-ventre
je refuse avec mon sexe
je refuse avec ma tête de protozoaire
plutôt la démence
que de déshonorer mon Kaku
n'en déplaise à Bende

KASALA 43
je meurs, le ventre dépecé
ah ! la mort, la belle mort, qu'est-ce ?
on s'habitue à la machette
les égorgeurs, les égorgeurs
ils raffolent de pubis

KASALA 30
théâtre de l'absurde ?
les égorgeurs de la pleine lune
parlent de la Paix et de l'Amour du prochain
ils écoutent Brahms et Mozart
mais se désespèrent tout de même de la carence de
nouvelles victimes

KASALA 35
éternelle nostalgie pour Tshimbalanga
l'avant-cadet de mes oncles
parti quérir sa part de diamant
dans les mines de Dimbelenge
la faute à Bende ?

KASALA 13
nous nous dispersâmes
au gré des caprices du chemin de fer
la faute à Bende ?

KASALA 96
c'est quoi ces blagues de proxénète en fin de carrière
la faute à Bende ?

KASALA 6
des tarifs de folie
des masques écoulés aux enchères
la foule s'y précipite
achète sans broncher
la faute à Bende ?

KASALA 21
nous possédions un grand pays
vaste, vert, luxuriant, immense
s'étendant de Kinshasa au Katanga
de Luebo à Gbadolite
la faute à Bende ?

KASALA 72
Kongolo kaa Mukanda s'interroge :
Mvidi Mukulu regrette-t-il

de m’avoir déchu
dépossédé à jamais de mes insignes
de la Grande Seigneurie
et déversé comme un malfrat sur Terre ?

KASALA 48
des années après le carnage
les creuseurs de Katekelayi déblatèrent
dans la langue anonyme des trépassés

KASALA 109
ce que nous savons faire de mieux
les fosses communes
est-ce encore la faute à Bende ?
a-t-on vu Bende creuser à notre place ?
est-ce encore Bende qui viole les femmes et les gamines
du Kivu
y a-t-il la main noire de Bende dans le massacre des
Kamuina Nsapu
est-il, Bende, impliqué de loin ou de près dans le
joyeux carnage des adeptes de Bundu dia Kongo ?
les corps dans le fleuve, encore Bende ?

KASALA 27
les sagaies, bracelets, masques, statuettes, tambours,
tapis, lances et autres bibelots de Mwanza wa Mwanza
traînent encore dans les musées
la faute à Bende ?

KASALA 24
le nom est un musée ambulant
quand je siffle mon kasala
je cesse d’être seul

je suis avec ma mère et mon père
avec mes tantes et l'oncle Tshimbalanga, avec le fleuve
Congo et les Animaux Célestes, avec les chemins de
fer et les montagnes, avec le soleil et le déluge, le lac
Munkamba et la rivière Lubilanji, avec mon Kaku de
toujours, mon Kaku et sa chaise à bascule, mon Kaku
et sa longue barbe, mon Kaku et ses lunettes de myope

KASALA 62
cette nuit sauvage
l'envie de commettre une saloperie me monte à la
gorge
j'irai danser la rumba et le Tshikuna Fou
jusqu'à me fracturer l'épine dorsale
mon Kaku mérite bien cela
une déhanchée jubilatoire en l'honneur du mukishi

KASALA 50
je convoque 347 chevaux
je convoque le séisme
je convoque l'éclipse solaire
je convoque le déluge
je convoque les étoiles
je convoque 560 bagnoles de luxe
je convoque 345 rhinocéros
je convoque 67 tigres
je convoque le fleuve Mississippi, je convoque
le Maningoza, je convoque le Maroni, je convoque
le Brahmapoutre, je convoque l'Okavango
et le Jourdain et le Niger et le Saloum et l'Essequibo et
l'Euphrate et le Mackenzie et le Rio Grande
et le Kamtchatka et le Yang-Tsé-Kiang et le Santa Cruz
et le Suriname et l'Amou-Daria et la Gange

et le Congo et l'Indus et la Charente et le Dniepr
et la Dordogne et l'Irrawaddy et le Guadalquivir
et la Meuse et la Volga et le Mokau et le Sepik et le
Tibre et l'Yser et la Léna et le Tanganyika
et l'Orénoque et le Mékong et le Tshangalele
et le Danube et l'Amazone et le Rhin et la Limmat
et le Nil et le Limpopo et le Zambèze
pour célébrer une Femme
ma mère, Ma'Nanga

35.
MWANZA MUJILA CLASSE 6ième Année scolaire 19..... / 19.... DEGRE TERMINAL
PREM. TRIMESTRE
DEUX. TRIM.
TROIS. TRIM.
MAX annuel
Total annuel
RESULTAT annuel
MAX
TOT. ECOLE 36 60
TOT. TEST 32 40
TOTAL 68 100
Le CHEF D'ETABLISS.
Le INSPECTION
RESULTAT FINAL
Certifié avec 68 %
a échoué
Le CHEF D'ETABLISS.
REPUBLIQUE DU ZAIRE
MINISTERE DE L'EDUCATION NATIONALE
REGION DU SHABA
CERTIFICAT D'ETUDES PRIMAIRES
NOUS SOUSSIGNES, PRESIDENT ET MEMBRES DU JURY
DE LA DELIVRANCE DES TITRES SCOLAIRES,
CONFORMEMENT A LA LOI-CADRE Nº 86-005 DU 22 SEPTEMBRE
DE L'ENSEIGNEMENT NATIONAL, SPECIALEMENT SES ARTICLES 43, 125 ET 126;
ATTESTONS QUE
LE NOMME MWANZA MUJILA
NE (E) A LUBUMBASHI (SHABA) LE
A TERMINE LE CYCLE D'ETUDES PRIMAIRES AVEC
SOIXANTE-HUIT POURCENT DES
EN FOI DE QUOI LUI DELIVRONS LE PRESENT CERTIFICAT D'E
PRIMAIRES
Fait à LUBUMBASHI
Les Membres du Jury
Le Directeur d'Ecole
Le Président du Jury
TS.01 0703290075
Attestation de Service
DELIVREE A
INSS. 3162595
Nom : MWANZA MUJILA
Post-nom : MUJILA
Né (e) à BAKUA MULUMBA
le 24.06.1949
Fils(fille) de MWAMBA KABUYA
Nationalité : ZAIROISE
Profession : GERANT COMMERCIAL
MARIE
Zone : KATUBA
Formule dactyl. : 44443-44242-1332-13
S.D. : 511/244.771
Fait à Lubumbashi, le 5.1.1976
C I no GA 011618/141
Signature de l'Em
MWAMBA KABUYA
LUBUMBASHI